ALPHAPOLIS

魔物をお手入れしたら懐かれました1

JN055905

アルファライト文庫

CTERS
和《かず》也《や》
生き物が大好きな青年。
手にした特殊能力
「万能グルーミング」で
異世界中の魔物を手なずける。
スラちゃん
和也のことが大好きな
スライム。炊《すい》事《じ》洗《せん》濯《たく》から
バトルまで、
なんでもこなす。
ちびスラちゃん
スラちゃんから生まれた
ミニサイズのスライム。
いっぱい増える。
ネーちゃん
猫獣人のリーダー的存在。
魚獲《と》りが得意。
イーちゃん
犬獣人のリーダー的存在。
和也の顔をよく舐《な》める。

CHARA
グラモ
土竜《もぐら》一族の長《おさ》。
隠密《おんみつ》能力に
長《た》けている。
マウント
魔王の四天王《してんのう》の一人。
デカい。
もっとデカくなれる。
マリエール
魔王。歴代《れきだい》最強と
言われる実力を持つ。

プロローグ　始まりは突然に

「初めまして和也《かずや》さん。おめでとうございます。貴方《あなた》は選ばれたのです」

「え、俺の癒《いや》しちゃんは？　ここどこ？　何、選ばれたって何？　誰に選ばれたの？　え、どこなのここ？」

宝生《ほうしょう》和也は周囲をキョロキョロと見渡す。

目の前にいる女性から話しかけられていたが、突然風景が変わったこともあり、混乱していた。彼が今いるのは光り輝く空間であり、それ以外に何もない。

和也は思わず手元を見る。

さっきまでそこにいた「癒しちゃん」が消えていた。つぶらな瞳が、もふもふとした毛の感触《かんしょく》が、小さな身体《からだ》を動かして甘えてくる姿が……ない。彼のすさんだ心を癒してくれていたというのに。

彼はしばらく混乱していたが、ようやく冷静になる。そしてこの場所がどこなのか、なぜこの場所にいるのか知りたくなった。

彼は、何か事情を知っていそうな目の前の女性に、恐《おそ》る恐る尋《たず》ねる。

「……ここはどこですか？　それにあなたはいったい？」

「ここは狭間《はざま》ですよ。そして、私の名前はエイネです」

エイネと名乗った女性は、なぜか楽しそうにしながら軽い感じで答えた。

「……狭間」

よく理解できず、そう呟《つぶや》く和也。

エイネの瞳は輝きを放ち、肌は透《す》き通り、見る者すべてを惹《ひ》きつけるかのようだった。

突然、エイネが机と椅子《いす》を取り出す。何もない場所から。

「え？　今、どこから」

信じられない光景が目の前でなされ、和也は再び混乱してしまう。そんな彼を気にせず、エイネはマイペースに質問してくる。

「和也さん。貴方は生き物が好きですよね？」

突然、和也が目を見開いたのは、大好きな生き物について聞かれたからである。和也は反射的に一気に話しだす。

「ひょっとして貴女《あなた》も生き物好きですか？　やっぱりそうですよね、本当に可愛《かわい》いですよね、生き物は！　私は、犬も猫もハ虫類も両生類も昆虫も好きなんですよ！　もふもふとした柔《やわ》らかい感触、つやつやとした甲羅《こうら》や鱗《うろこ》、ヌメヌメした感触もいいですよね！　生き物が好き……いや間違ってますね。生き物が好きじゃないです。生き物が大好きですね！

生き物は、愛《め》でたり撫《な》でたりするだけでなく食べるのも好きなんですよ！　人は食事をしないと生きられない。日々すべての生き物に感謝して生きていかないと！　やっぱり人は罪深《つみぶか》きものであり……」

が、次第に暴走《ぼうそう》し始め、ちょっと危《あぶ》ないくらいハイテンションになってしまった。和也にとって生き物とは、ただ好きというのでは足《た》らず、もはや生《い》き甲斐《がい》なのだ。

エイネは、まくし立てる和也を制して言う。

「おーけーおーけー、大丈夫です。分かりました！　和也さんは生き物大好きです！　私は理解しました！」

「ふぅ……ご理解いただけて良かったです」

落ち着きを取り戻した和也は、改めて周囲を見渡す。

（本当にここはどこだろう？　白い部屋。そして机と椅子。それ以外には……何もないな）

そう考えたところで、和也はここに来る直前のことを思い出した。

（……そういえば、ポメちゃんは？）

仕事で疲れ果てた心を癒そうと街を彷徨《さまよ》っていた和也が、何気《なにげ》なく入ったペットショップ。そこで出会ったのが、ポメラニアンの「ポメちゃん」だった。一目《ひとめ》見た瞬間、電流が全身に流れるような感覚を味わった和也は、店員さんに無理を言って抱《だ》かせてもらったのだ。

和也は、ついさっきまであったはずのもふもふ感を思い出し、泣きそうな表情になった。

エイネはそんな彼を見つめながら告《つ》げる。

「実は、ポメちゃんと逢瀬中《おうせちゅう》だった和也さんを大きな地震が襲《おそ》ったんです。そのときです！　巨大な棚《たな》が貴方達に向かって倒れてきました。そして、和也さんは身を挺《てい》してポメちゃんを庇《かば》い……亡《な》くなってしまったのです……」

「ポ、ポメちゃんは？」

和也が慌《あわ》てて尋ねると、エイネはにっこりと笑《え》みを浮かべる。

「……無事だったんですね。彼女が無事なら良かった」

和也がそう口にしてホッとした表情になったのを見て、エイネはますます笑みを深め、慈愛《じあい》に満ちた目をした。

「自己犠牲《ぎせい》をいとわない素晴らしい精神をお持ちですね。そんな和也さんだからこそ、この世界『セイデリア』で魔物達と交流し、滞留《たいりゅう》している魔力を解放してほしいのです」

「交流し……は、はあ？」

エイネの言った内容がまったく理解できず、和也はポカンとしてしまう。

エイネは優《やさ》しげに頷《うなず》くと、和也に机の紅茶を飲むように勧《すす》める。そして和也がカップに口を付けたのを確認して再び話し始めた。

「そこまで難《むずか》しく考えなくても大丈夫ですよ。一応、事情を説明しておきますと、今までは膨大《ぼうだい》な魔力が使われるような大規模な争《あらそ》いが頻繁《ひんぱん》にあり、魔力の流れができていたんです。ところが、良くも悪くも平和になりすぎてしまったために、魔力の淀《よど》みが生まれてしまった。その状態はこの世界にとってあまり良いものではありません。そこで和也さんに登場していただいたというわけです。和也さんがこの世界の生き物と仲良くなると、魔力の流れができるんですよ。それで、魔力の滞留を解消してほしいんです。和也さんには、そのための特別な能力を渡そ――」

エイネの言葉を遮《さえぎ》って、和也が前のめりになる。

「特別な能力ですと⁉　まさか生き物とラブラブになれる能力でございましょうか⁉」

今まで困惑していたのが嘘《うそ》のように、和也はテンションが振り切れた状態でエイネに近付く。エイネはその勢いに気圧《けお》されながら説明を続ける。

「そ、その通りです。和也さんに『万能グルーミング』を授《さず》けます。この能力は、和也さんが生き物と仲良くなるのを強力にサポートする道具を生み出します。犬と仲良くなるためにはその毛を梳《と》かす櫛《くし》。ワニなら鱗を磨《みが》くブラシといったように。しかもイメージ一つで自由自在！　和也さんが望む道具でグルーミングができるのですよ！」

「なんと⁉　相手に合わせた道具⁉」

「ええ。そうです。間違いなく楽しいですよー。魔物の中にはもふもふしている個体もいるでしょうねー。どうですか？　やりたいですよね？」

「はい！　当然です！」

和也はエイネを押し倒さんばかりに迫《せま》っていた。エイネは和也を落ち着かせると、ちょっと真剣な表情になって言う。

「よろしい。ですが、一つだけ注意点があります。人族には絶対に使わないでください。魔物には魔力があるのでその滞留を解消できますが、人族にグルーミングすると……」

そこで、エイネが不自然に言葉を止めたので、和也は恐る恐る問いかける。

「グ、グルーミングすると……？」

「魔力が暴走して……爆発します！」

「怖《こわ》っ！　爆発って！　絶対に人族にグルーミングしません！」

怯《おび》えながらそう叫ぶ和也を見て、エイネは笑みを浮かべた。そして満足げに頷くと、説明の続きをする。

「和也さんなら、この能力を使いこなしてくれると信じています。そうそう、使い方も説明しておきますね。といっても、すごく簡単すぎるので解説するまでもないんですが。万能グルーミングを発動させると両手が光って、和也さんがイメージした道具が生み出されるんです」

和也は、その能力で生き物とたわむれる様《さま》を想像してニヤニヤしてしまう。万能グルーミングといい魔物といい、未知の経験が待っているのだ。楽しくないわけがない。

気付くと和也は、エイネの肩をガクガクと揺《ゆ》さぶり続けていた。

「すぐに向かいましょう。心の準備は大丈夫ですか？」

「い、いいえ。心の準備っっっって、そそそれって私の台詞《せりふ》ですよね？　まぁぁぁまあ、ややややる気があああるのはいいのですがががが――しつこい！」

エイネはそう言って和也を突き飛ばした。

そのまま彼女は空中に飛び上がると、厳《おごそ》かに告げる。

「汝《なんじ》、和也に、生き物との架《か》け橋になることを期待する。我《われ》はセイデリアを創《つく》りし至高《しこう》なる存在、創造神エイネである。汝には我の力の一端《いったん》を与えん。汝が我の世界で幸せに満ち溢《あふ》れることを願う」

「え？　エイネさんって神様だったの？」

そう尋ねる和也に、エイネはゆっくりと頷く。

「活《い》きが良く――じゃなかった。元気があって良いですよ。和也さんが私の世界を楽しんでくれることを信じています。生きていくなかでは、危険もあるかもしれませんが……」

「え？　最後が聞こえなかった。今、なんて――」

すると突然、巨大な穴が現れる。和也はその穴に吸い込まれ、消えていった。

エイネは、ゆっくりと閉じていく穴を見つめながら呟く。

「セイデリアにようこそ。私は貴方を歓迎します。貴方の行動で世界は――いや、そこまで求めるのは欲張《よくば》りですね……」

❖　❖　❖

「もうちょっと説明を！　……あれ、今度はどこだ？」

和也は周りを見回す。

周囲には森が広がっており、さっきまでいたエイネはいない。

和也は自分の身体に違和感《いわかん》があるのに気付く。視点がさっきまでよりも低いような気がするし、手が一回り小さく感じられた。

（あれ？　こんな感じだったっけ？）

そう思って和也が首を傾《かし》げた瞬間――

風が吹き込んできたのを感じて振り返る。さらには、これまで聞いたことのないような鳴き声を耳にする。

慌てて空を見上げると、ありえない存在が次々と和也の頭上を横切っていった。

「ドラゴン？」

その生き物の群《む》れは一気に飛び去っていった。

「……だよね？　空を飛んでるでっかいドラゴン。バスくらいの大きさがあったね。あれ？　人が乗ってた？　何体も飛んでいったねー。お散歩かな？　あの子達とも仲良くなれるのかなー」

ドラゴンを見送っていた和也は、再び周りを見渡す。

そこは、広場のようになっていた。

彼の目の前には不自然に箱が置いてある。和也は依然《いぜん》として混乱していたが、とりあえずその箱を開けてみることにした。

箱の中には生活用品、鞄《かばん》、水筒、お金、手紙、ナイフなどが入っていた。鏡があったので覗《のぞ》き込んでみると……和也は唖然《あぜん》としてしまう。

「……誰だよ！　なんてこった！　俺の顔が変わってるー」

黒髪黒目というのはこれまでと同じだったが、それ以外はまったく違う。鏡には、街を歩けば十人中十人が振り返る、中性的な美少年が映っていたのである。

1．初めての魔物

美少年になってしまったことはさておき。

切り替えの早い和也は、箱の中にあった手紙を読んでみる。

「えーと、何々」

親愛《しんあい》なる和也さんへ。

何もなしでセイデリアで生きてもらうのは難しいと思うので、サポートグッズを用意しました！

まず鞄《かばん》。見た目は小さいですが、一ヶ月分の食料が入っています。

続いて水筒。空《から》になっても自動的に補充《ほじゅう》されます。

あと貨幣《かへい》もあります。これはこの世界で使えるお金です。金貨、銀貨、銅貨とあり、100銅貨で1銀貨、100銀貨で1金貨です。それと――

「……へえ、お金までくれるんだね。それよりも水筒が気になるな」

和也はいったん手紙から目を離《はな》すと、水筒を手に取って眺《なが》める。そして蓋《ふた》を開け、勢いよく飲みだした。

「うん、適温！　そして喉《のど》が渇《かわ》いていることに気付いてビックリ！」

和也は水筒の水を飲み干《ほ》すと一息吐いた。

「ふう、喉が潤《うるお》った。おお、水が補充されてる！　ひょっとして無限に出てくるのかな？」

そう思った和也は、水筒を引っくり返してみた。

地面に水をぶちまけると水筒は空《から》になってしまったものの、数秒でまた水が出てきた。水筒の仕組みがなんとなく分かった和也は、水筒を逆《さか》さにして自分の頭に振りかける。

「気持ちいい！　これならシャワー代わりに使えるね。あとはシャンプーがあれば良いかも。これから出会うもふもふさんや鱗君は、シャンプーをしてあげたら喜ぶだろうからね」

そう呟いてにやにやしてしまった和也は、ひとまず水筒を片付けた。

それから再び箱の中の確認に戻ったが、すぐに動きを止める。

「あれ？　これだけ!?　エイネ様が言ってた万能グルーミングはどこ？」

隅々《すみずみ》まで探《さが》しても、万能グルーミングが見つからなかった。和也は呆然《ぼうぜん》としていたが、そもそも万能グルーミングは能力であって物ではない。

和也は箱を潰《つぶ》して確認するが、万能グルーミングはない。鞄の中身を全部出したり、周囲をしばらく探索《たんさく》したりしてみても見つからない。

「おいおい。俺の万能グルーミングは？　あれがないと魔物達と素敵な時間が過ごせないじゃん！　あっ、そうだ。そういえば手紙が途中だった……えーと、何々？」

和也さんに与えた万能グルーミングは想像力で形を変えます。作りたい道具をイメージしてから――

「いでよ！　万能グルーミング！」と叫んでください。

「ほう、なるほど。そういえばそんな説明をされてた気がする。では、さっそくイメージして……いでよ！　万能グルーミング！」

和也がイメージしたのは、もふもふの毛を綺麗《きれい》にできる道具である。

気付くと彼の手には、温かそうな厚手《あつで》の手袋が出現していた。和也はキョトンとした顔になる。

「うまくできたのかな？　とりあえず装着《そうちゃく》してみ――」

手袋をはめると、彼の頭の中にすごい勢いで情報が流れ込んでくる。

「おお！　頭の中に使い方が浮かんでくる！　なるほど。スライムに効果抜群《ばつぐん》なのか！　もふもふ専用じゃないのは、イメージが漠然《ばくぜん》としすぎてたからかな？　まあいっか。試《ため》してみたいから、スライムを探しに出発！　と、言いたいところだけど……」

和也は周囲を見渡す。

まずは生活の拠点《きょてん》作りをしたほうが良いと気付いたのだ。それから和也は近くにあった大きめの枝を拾ってくると、地面に線を引きだす。

「せっかくだからこの森で暮らしてみよう！　ふんふんふーん。こっからここまでは俺の領地《りょうち》！　そして寝床《ねどこ》はここに決めた！」

すぐに消えそうな線にもかかわらず、和也は満足げに頷く。

迷子《まいご》対策として手近な木にナイフで傷を付けると、彼は森の中に入っていくのだった。

❖　❖　❖

「うーん。それにしてもスライムがいないー。動物はいるけど、あんなに高い場所や離れた場所じゃ、グルーミングできないじゃん」

和也は、巨木の上にいるリスや遠くにいるウサギを見ながら悲しんでいた。

広場を出てからすでに二時間経《た》っている。目的のスライムは見つからないが、リスやウサギや鳥は見つけることができた。

しかし、それら動物達は和也を見ると逃げだしてしまう。異世界でのファーストタッチは長いことお預け状態となっていた。

「にゃー！　ストレスが溜《た》まるー。見えてるのに！　可愛い子達が近くにいっぱいいるのに！　触《さわ》れない！　撫でられない！　すりすりできない！　だから癒されない！」

その場で地団駄《じだんだ》を踏《ふ》む和也。そんな彼を動物達は遠巻《とおま》きに見ていたが、突然怯《おび》えたように走りだす。中には和也のほうに来る子達もいる。

「あれ？　なんで？　ひょっとして俺の魅力に気付いたとか？　こっちにおいでよー。あれ？　スルー？　ひょっとして何かから逃げようとしている？」

　動物達は和也に目をくれることなく、ものすごい勢いで過ぎ去ってしまった。

　あまりの勢いに和也が呆然《ぼうぜん》としていると、さっきまで動物達がいた場所に、アメーバ状の物体がいるのが見えた。

「ひょっとしてスライム？　……向こうから会いに来てくれたのならお相手せねば！　こんにちはー」

　和也は気楽な感じでスライムに近付いていく。

　すると突然、スライムは和也に向かって液体を飛ばしてきた。驚《おどろ》いた和也が横っ飛びで避《よ》けると――

　和也が避けた場所に液体がかかり、白い煙《けむり》を上げた。

「え？　溶解液《ようかいえき》？　ひょっとしてやばい？」

　和也は咄嗟《とっさ》に能力を発動する。

「いでよ！　万能グルーミング！」

　彼が万能グルーミングを使ったのは、この厚手の手袋ならスライムの出す液体も防げるからである。

　そして、彼は根拠《こんきょ》のない自信を前面に出しながら、再びスライムに近付いていく。

「怖くない、怖くない。ほら、怖くないよ。特に俺は怖くないよー」

和也の行動は、自《みず》らエサとなって近付いていくようなものである。事実、スライムは本能の赴《おもむ》くままに身体から触手《しょくしゅ》を伸《の》ばして和也に溶解液を飛ばしてくる。

「熱《あつ》っ。でも耐える！　これからファーストタッチを開始する！　転生する前は猫さんやワンちゃん達を骨抜きにしていた俺のテクニック、受けてみるがよい！」

和也は手袋で溶解液を防ぎながらスライムに近付く。

防ぎきれなかった液体が身体に当たって白煙《はくえん》を上げるが、彼は痛みに気付かない。

和也はそのままテンション高くスライムの触手を握《にぎ》りしめると、優しい手つきで触手に指を這《は》わせ始める。

触手に指を絡《から》ませつつスライムの触手攻撃を避けていた和也だったが、さすがに躱《かわ》しきれないと判断した。そこで彼は服を盾にしてスライムの溶解液を受け止め、触手を包み込んで優しく持つ。そして滑《すべ》らすように手を動かしながら撫で始める。

「熱つつ！　だが掴《つか》んでしまえばこちらのもの。どうだ！　ん、なんとなく色が変わった？　おぉ！　そして触手から溶解液が出なくなった。なるほど、おーけー。怒りで溶解液を出してたんだな。なら、俺に任《まか》せておけ！」

和也は四方八方《しほうはっぽう》から襲ってくる触手を手袋で受け止め、次々と撫でていく。

硬《かた》くてザラザラとしていた触手が優しく撫でられることで光沢《こうたく》を放ち、どんどんと柔らかくなっていく。

「え、こっちもしてほしいって？　任せろ！　すべてを俺に委《ゆだ》ねるが良い！」

触手はまるで順番待ちをするかのように、和也にまとわり付きだした。触手は撫でてほしいらしく、くねくねとした動きで訴《うった》えてくる。

それから和也は無数の触手を撫で続けた。最後の触手を撫で終えたときには、なんと数時間が経っていた。

彼の目の前には、光沢を放って歓喜《かんき》を伝えるように震えるスライムがいる。

「スラちゃんが宝石のように輝いてますなー」

和也はスライムを勝手に「スラちゃん」と名付け、額《ひたい》に浮かぶ汗を拭《ぬぐ》って満足げに頷く。

アメーバ状で襲いかかってきたスラちゃんだったが、今は楕円形《だえんけい》になって小刻《こきざ》みにプルプルと震えている。どうやら喜んでいるらしい。

スラちゃんがさっきとは違う細い金色の触手を伸ばしてくる。

「どう？　喜んでくれた？　くすぐったいよ。えっ⁉　さっきできた傷がなくなってる？　ひょっとしてスラちゃんが治療《ちりょう》してくれたの？」

溶解液で思った以上に火傷《やけど》状態になっていた和也の怪我《けが》は、スラちゃんに触れられるとすぐに治《なお》っていった。

「まさかスライムにそんな能力があるとは。いやスライムというより、スラちゃんだからできたんじゃないか？　なんかすごそうだもんなスラちゃん。ちょっ、くすぐったいよ！」

疲れ果てて地面にあぐらを組んだ和也に、スラちゃんは触手を伸ばして傷の治療を続ける。

しばらくして傷は完全に癒《い》えたが、スラちゃんは納得できないのか、触手を縦横無尽《じゅうおうむじん》に動かして和也の傷の確認を続けていた。

和也はスラちゃんのそんな献身《けんしん》さに嬉《うれ》しくなってしまい、スラちゃんを撫でる。

「ありがとう。もう完治《かんち》したよ。スラちゃんの感触も満喫《まんきつ》したし、そろそろ広場に戻ろうかな。そうだ、スラちゃんも一緒に来る?」

和也がスラちゃんにそう言うと、スラちゃんは当然だとばかりに付いてきてくれた。

楕円形になったからか、アメーバの動きではなく、ボールのように弾《はず》んでついてくるスラちゃんを見て、和也の目尻《めじり》が思いっきり下がる。

「んはー、可愛すぎる! 写真を撮《と》らないと……ちくしょー、カメラ持ってない! エイネ様もスマホくらい持たせてくれてもいいのに! そしたらここに住む生き物フォルダを作って、エイネ様とも一緒に観賞できたのにな」

和也はエイネも生き物好きで、自分の仲間だと思い込んでいた。

彼はしばらく残念がったが、可愛らしい動きをするスラちゃんを見ては、にやにやしてしまうのだった。

❖　❖　❖

「ここが俺の拠点なんだよ。良い感じでしょ？　やっぱりそう思う？　エイネ様が俺を届けてくれた場所だからねー。やっぱり良いところなんだよ。スラちゃんとも出会えたからね。え？　スラちゃんも嬉しいって？　いやー照《て》れるなー」

プルプルと震えるスラちゃんに一方的に話し続ける和也。

それから和也はスラちゃんの触手を握って上下に動かしたり、万能グルーミングで手袋を出して撫でたりしていた。

二時間ほどが経過した頃。空腹《くうふく》を感じた和也は鞄から保存食を取り出す。そのまま食べようとすると、スラちゃんの視線を感じた。

「ん？　スラちゃんも食べてみたい？　好きなだけ食べてくれていいよ」

いくつかに小さくちぎって保存食を渡すと、スラちゃんは数個食べただけで消化しなくなった。

「え？　それだけでいいの？　水のほうが嬉しい？」

頷くような動作をしたスラちゃんに、和也は水筒を取り出して水をかけてあげた。

スラちゃんは震えながら水をどんどん吸収していく。楕円形だった形が横に広がっていき、そしてベッドのような大きさになった。

「おお！」

和也が感心していると、スラちゃんは触手を伸ばしてくる。そして優しく抱きしめるように自らの上に和也を乗せる。

その弾力と滑《なめ》らかさに和也が喜んでいると、スラちゃんは包み込むように形を変えていく。

傍目《はため》にはスライムに吸収されているようにしか見えなかったが、あまりの心地《ここち》よさと疲れで睡魔《すいま》に襲われた和也は、抵抗することなく目を閉じた。

2. 突然の危機？

「んあー、よく寝たー。こんなに熟睡《じゅくすい》したのは久しぶりだ」

和也は大きく伸びをしてゆっくりと目を開ける。

いつもなら凝《こ》り固まった身体をほぐすために首や肩を回すのだが、そんな必要がないほど爽快《そうかい》な朝だった。

「んへー。ベッドが柔らかくて気持ちいい。このまま二度寝がした……はっ、そうだった！　スラちゃんの上で寝てたんだった。大丈夫？　スラちゃん!?　疲れてない？」

寝ぼけ眼《まなこ》だった和也の意識が急速に覚醒《かくせい》する。そして彼はスラちゃんの身体から慌てて飛び下りると、スラちゃんの身体を調《しら》べだした。

「いでよ！　万能グルーミング！　指先まで研《と》ぎ澄《す》ませ俺の感覚！　わずかな傷も見逃すなよ万能グルーミング！　今からおかしなところがないかチェックするからね。うん、ここは大丈夫そうだねー」

和也はそう言ってスラちゃんの全身をくまなく観察していく。手袋に変形させた万能グルーミング能力をフル活用して丁寧《ていねい》に調べていたのだが……

「ふうぇぁぁぁ。やっぱり気持ちいいー。違う違う！　傷の確認をしないと」

手に伝わってくる柔らかさに、和也は恍惚《こうこつ》の表情を浮かべてしまう。

彼の指がスラちゃんの身体をなぞるたびに、スラちゃんのほうも大きく震えて歓喜を表現する。

二人にとってＷｉｎ《ウィン》―Ｗｉｎ《ウィン》な状態がしばらく続いていたが、和也はスラちゃんに傷がないのを確認し終えたので、名残惜《なごりお》しそうにしながらも指を離した。

「ふー。ありがとうございました。思わず夢中になってしまったよ。昨日も今日も素晴らしい触り心地でした。感謝感激でございますよ」

この場に誰かいれば、「傷を探していたんじゃないのかよ！」とツッコミが入ったであろうが、ここには和也の暴走を止める者はいなかった。

「スラちゃんの身体に異変もなかったし……さて、今日は何をしようかなー。スラちゃんは何がしたい？　え？　俺と一緒ならそれだけでいいって？　やだなー。俺もだよ！」

もちろんスラちゃんは話せないので、会話は成立していないのだが、テンションが変な方向に振り切っている和也は気にしない。

その後も和也は、スラちゃんを撫でながら夢のような時間を過ごすのだった。

❖　❖　❖

「そろそろヤバいかもしれない。保存食に飽《あ》きてきた」

保存食を食べてはスラちゃんとしゃべり、スラちゃんを撫でては眠る。そして、その翌朝も気分爽快に前日と同じことをする。

そんな生活を続けて二週間が経った。エイネにもらった保存食はまだ残っていたが、和也はすでに飽き飽きしていた。

「どうしよう。この環境は素晴らしいのだけどご飯が……でも俺に狩りはできないし、どの木の実や果物が食べられるのかも知らない。火もおこせない……完全に詰《つ》んだな」

和也がそう言って打ちひしがれていると、スラちゃんは彼のことを心配したのか、大きく震えだした。そして縦《たて》や横に激しく動き始める。

突然スラちゃんが変な動きを始めたので心配になった和也は、万能グルーミングで手袋を出すと、スラちゃんを優しく撫でる。

「お腹空《なかす》いた？　食料あるよ。ほら食べな」

続けて、鞄から保存食を取り出して食べさせようとすると、スラちゃんは触手を使って和也の手を押しのける。そしてさらに激しく動き……

スラちゃんは二つに分裂してしまった！

「ええー！　スラちゃんが割れたー」

目の前で起きたことに、和也はパニックになる。

「ど、どうしよう！　スラちゃんが割れた！　……あ、あれ？　両方とも動いている？　え？　どこに行くの？」

戸惑《とまど》う和也をよそに、二つに割れたスラちゃんの片割れは森の中に入っていった。

和也がそのスラちゃんの片割れを追おうとすると、残っているスラちゃんによって止められた。残っているスラちゃんは和也の足を掴んでフルフルと震える。

「待ってろって？　……分かったよ。スラちゃんがそう言うなら信じて待つよ」

和也は半分になったスラちゃんを撫でながら、去っていくもう一体を見送った。

しばらく眺めているだけの和也だったが、ふと思いついて気を引き締《し》めるように頬《ほお》を叩く。そして彼は生活基盤《きばん》を整《ととの》えるための行動を始めた。

「待ってるだけじゃ駄目《だめ》だよね。まずは枝から集めようかな。火くらいはおこせるようにならないとね」

和也はそう呟きながら広場に転《ころ》がっていた枝を集めだした。広場には大小たくさんの枝が散乱《さんらん》しており、特に苦労することなく集められた。

「枝を組んで燃えやすそうな草を使って火おこしすんだよな。テレビで観《み》た破天荒《はてんこう》なディレクターがやっていた火のおこし方を思い出すんだ！　何度も録画《ろくが》したのを観ただろう！　俺ならできる！　いえすあいきゃん！」

テンションを無理やり上げつつ、和也は火おこしに取りかかる。硬い木の板の上に草を集めて、棒を用意すると、その棒を勢いよくこすり始めた。

「ぬおー高速で動かせ！　俺ならできる！　ぬぁぁぁぁ！　まだだ！　まだ戦える！　……ダメだ！　煙すら出てこない！」

が、やり方が間違っているとしか思えないほど火が出る気配《けはい》はなかった。和也がどんなに頑張《がんば》っても、疲労が蓄積《ちくせき》するだけだった。

和也の隣《となり》で触手を動かして応援していたスラちゃんだったが、彼が疲れて動けなくなったのを確認すると、触手を伸ばし始めた。

「どうしたの？　慰《なぐさ》めてくれるの？　え？　そっちは俺が火おこしをしようとした……えっ、点《つ》いた⁉」

スラちゃんの触手から出た溶解液が枯《か》れた草に付いた瞬間、なんと火がおこった。

すかさずスラちゃんは触手の一部を団扇《うちわ》のように大きくするとあおぎ、一分もかからず大きな火にしてしまった。

３．新《あら》たなる能力

「いやー。火はやっぱり落ち着くー。俺がおこした火じゃないけどね。それにしてもスラちゃんはすごいね。万能スライムだね！」

立派なキャンプファイヤーのようなたき火を作り上げたスラちゃんは、ドヤ顔《がお》しているようだった。

「本当にすごいね。でも、ここからは俺に任せてよスラちゃん。美味《おい》しい物を採《と》ってくるからね！　肉か果物かどっちがいい？　え？　俺がいれば良いって？　照れるじゃん！」

スラちゃんがプルプル震えているのを都合良く解釈《かいしゃく》しつつ、和也が鞄と水筒を持って森の中に入ろうとする。しかし、スラちゃんが小さく震えて止めてくる。

「ん？　寂《さび》しいの？　大丈夫だよ！　すぐに帰ってくるから安心して待っててよ」

和也はそう言って優しく触手をどけ、一歩を踏みだした。ちょうどそのとき、森に行っていたスラちゃんの片割れが戻ってきた。

「あれ？　スラちゃん2号？」

勝手に2号と名付けたのはさておき、和也は驚きの表情になる。

スラちゃん2号が出発前より巨大になっていたのだ。というのも、その体内に多くの動物達を閉じ込めているらしい。

「大きくなったねー。身体にいっぱい動物が入っているけど、食べてきたの？」

スラちゃん2号は身体を震わせると、動物の一体を吐き出した。その動物はすでに死んでおり、ピクリとも動かなかった。

「……ひょっとして、俺のために狩ってきてくれたの？」

スラちゃん2号が小さく振動する。和也は感激するが、ふとあることに気付いて申し訳なさそうな顔をする。

「ありがとう。でも俺は解体《かいたい》ができないんだよ。せっかくスラちゃん2号のお土産《みやげ》なのに。俺って奴は！　俺って奴はー！」

自分のふがいなさに和也が地面を叩いていると、スラちゃん1号が近付いてきて触手で彼の肩を叩いた。

「慰めてくれるのかい？」

するとスラちゃん1号は和也のもとを離れ、動物に近付く。そして不思議な弾み方をして、動物に覆《おお》いかぶさって溶《と》かし始めた。

　スラちゃん1号の身体が赤く染まっていき、そのまま動き続けていると、徐々《じょじょ》に色が元に戻っていく。スラちゃん1号は身体を震わせ、動物を吐き出した。

「え？　解体されてる？　しかも部位ごとに分かれてるし内臓《ないぞう》もない。血の匂《にお》いもしない。それに毛皮も綺麗になめされてる！」

　和也が肉を手に取りながら驚いていると、スラちゃん1号は肉や毛皮を鞄の中に入れ始める。続けて、スラちゃん2号が次々と動物を出していくと、それを1号が解体・収納し、二体が協力して処理していった。

　あっという間に、解体から収納まで終わってしまった。

「おお……全部で十体か。すべて解体されて鞄に入ったよ。改めてこの鞄ってすごいな。どれだけ入るんだ？　さすがはエイネ様からもらった鞄だね」

　ちなみにスラちゃん2号は動物だけでなく、木の実、果物、野草、鉱石なども採ってきてくれており、そのすべては鞄に収納されていた。

　鞄のすごさに感心しつつ、和也はふと疑問に思う。

「すべてが一緒に収納されたけど、中で混ざったりしないのかな？」

　不安になったものの、すぐに大丈夫だろうと勝手に結論付けた和也は、さっそく食事に取りかかることにした。

「肉でも焼いてみよう。火もあることだしね。せっかくだから特大の肉を焼いてやろう。ふんふん、ふふふふんふん。ふふふ！　上手に焼けました－！　まだ焼いてないけどね－」

たき火の近くで変なテンションで歌う和也。ご機嫌《きげん》なままに肉を取り出したところで、彼は突然崩《くず》れ落ちてしまった。

「おうぅぅ。網《あみ》もなければトングも箸《はし》もなかった……」

すると、スラちゃん2号が寄ってきて網と箸を吐き出す。どこから取ってきたのか不明だったが、気にせず受け取る。

和也は感動して、スラちゃん2号を潤《うる》んだ目で見つめる。

「な、なんて素敵なスラちゃんなのでしょうか。もう最高だよ！　すぐに肉を焼くから待っててね！　塊肉《かたまりにく》もいいけど個人的には薄切りがいいな……」

和也がそう言うと、今度はスラちゃん1号が寄ってきて、塊肉を一瞬でスライスしてしまう。

「……完璧《かんぺき》だよ」

和也は満面の笑みを浮かべてスライス肉を受け取ると、それを次々と網に載《の》せていく。

広場に、食欲を刺激する匂いが漂《ただよ》いだした。

すぐにお肉が焼けたので、和也はどきどきしながら食べてみる。

その味は、涙が出そうなほど美味《おい》しかった。

感動しながら肉を頬張《ほおば》る和也を見て、スラちゃん1号2号はハイタッチをするように触手をぶつけ合った。

「美味しかったー。ごめんね。自分ばっかり食べていて。どんどん焼くから二人も食べてよ！」

和也は鞄から肉を取り出して次々と焼いていく。そして焼き上がった肉を、スラちゃん1号と2号に手渡すのだった。

4．生活の基盤《きばん》を整《ととの》える

「お腹が膨《ふく》れたー。久しぶりに食べるお肉はいいねー。やっぱり定期的に食べたいな。スラちゃん2号にお願いしても大丈夫？」

和也がそう頼《たの》むと、スラちゃん2号は触手を伸ばして問題ないと答える。そして、ボールが弾むようにして森の奥に消えていった。

「スラちゃん2号はさっそく食料調達に行ってくれたみたいだね」

和也はスラちゃん1号に向き直ると、実は以前から考えていたある構想《こうそう》を伝える。

「そろそろちゃんとした家を作ろっか。ずっと屋根なしというわけにもいかないしね。この広場の真ん中に家を作りたいんだよね」

和也は地面に見取り図《みとりず》を描《えが》いていく。それを指さしながら彼は、スラちゃん1号に自分の考えを熱く語った。ひと通り話を聞いたスラちゃん1号はすぐに動きだし、あっという間《ま》に完成させてしまったのだが……。

「……うん。ちょっと小さいかなー。俺が住める大きさにしてほしいんだよね。それと立体にしてほしいなー」

和也の描いた見取り図そのままのサイズでどこからか現れたブロックを積み上げ、ドヤ顔をしていたスラちゃん1号は、和也から指摘を受けるとションボリしてしまった。

「いや俺が悪い！　ちゃんと分かるように、縮尺《しゅくしゃく》とか説明をしなかったからね。おーけー！　地面に直接線を引いていくから、そこにブロックを置いてくれるかな？　じゃあ、いくよ！」

そう言って和也は木の枝で線を引いていく。すると、スラちゃん1号はその後ろをブロックを出しながら続いていった。

和也は線を引きつつ、スラちゃん1号がどこからブロックを手に入れているのか疑問を持つ。振り返ってみると、スラちゃん1号は周りの土を取り込んでブロックを作っていた。

「う〜ん、このままだと周りが凹《へこ》んで段差ができるなー。こっちに移動してもらっていい？　俺が運んであげるね！　……なんたることだ！　だ、抱きしめ具合が素晴らしすぎて手が離せないではないか！　これは頬《ほお》ずりしても問題ないよね？　スベスベでしゅねー」

和也は、スラちゃん1号を抱き上げて別の場所へ移動させようとしたのだが、あまりにも柔らかすぎる感触にそれどころではなくなってしまった。

「おお！　そうだった。頬ずりしている場合じゃなかった。こっちに来てほしかったんだ。家の近くでブロック用の土を集めると、その場所が凹《へこ》んじゃうでしょ……」

和也はスラちゃん1号を下ろしながら、ふと思いついた。ブロック用の土を集めつつ、地下室を作ろうと考えたのだ。

「どうせ穴になっちゃうんだし、この場所は地下室にしちゃおっか。スラちゃん達が解体してくれた毛皮や肉を保管できるもんね。地下なら涼《すず》しいだろうし。あ、棚とかも欲しいなあ」

和也から説明を聞いたスラちゃん1号は、触手を動かして了承《りょうしょう》してくれた。

それからすぐにスラちゃん1号は、地面を掘《ほ》り始める。ブロック作りをあと回しにして、地下室を優先するようだ。

スラちゃん1号は土を掘り進みながら、階段を作成するという器用さを発揮しつつ、和也の要望通りに棚を作り、崩れないように補強《ほきょう》までしてくれた。

小一時間ほどで、本職の大工も感心する本格的な地下室ができた。

「おお、すごい！　スラちゃん1号すごい！　プロ顔負けだね！」

和也が手を叩いて褒《ほ》めると、スラちゃん1号は気をよくしたのか、地下室から出てすぐに外壁《がいへき》を作り始めた。

それからすぐに外壁は完成し、さらには寝室、居間、台所、トイレ、お風呂まで作り上げ、あっという間に家を完成させてしまった。その頃にはすでに日は落ちて、夕方になっていた。


和也はスラちゃん1号と一緒に地下室にいた。かなり広く作られた地下室には、和也の要望以上に収納棚が設置され、使いやすさにおいても一級品であった。

そんな出来映《できば》えに和也は感激しつつ、何度もスラちゃん1号を撫でた。和也が毛皮を取り出して並べだすと、スラちゃん1号がカゴを渡してきた。

「ん？　おお、カゴまで作ってくれてたんだね。これは助かるよ。待てよ、でも毛皮に虫が湧《わ》くかもしれないな。せっかくスラちゃん達が獲《と》ってきてくれたから大事にしたいのに……」

和也が悲しそうにしていると、スラちゃん1号が小さく震え、上下左右に大きく揺れ始めた。そしてその動きが止まると、なんとスラちゃん1号から小さなスライムが数体現れた。

「え⁉　小さなスラちゃん？　可愛いー。手のひらサイズのちびスラちゃんだね！　ぴょこぴょこしてるー」

それから和也は、ちびスラちゃんに触れる。

「いでよ！　万能グルーミング！　綺麗にしてあげるからね！」

和也が手袋をはめてちびスラちゃん達に触れると、ちびスラちゃん達は光沢を発してピョンピョンと跳《と》んで感謝を伝えた。

しばらくして、ちびスラちゃん達は毛皮の入ったカゴの前で陣取《じんど》った。

「ひょっとして、見張りをしてくれるの？」

和也の問いかけにちびスラちゃん達は小さな触手を出し、「任せろ！」と言わんばかりにカゴの周りを警備《けいび》し始める。

ちびスラちゃん達は虫やカビ対策だけでなく、毛皮の品質管理もしてくれるようで、毛皮は最高の状態で保管されるのだった。

その後、スラちゃん2号も様々な毛皮を持って帰ってきたので、その毛皮も地下室で保管されることになった。

❖　❖　❖

和也がお風呂の前に立ち、テンション高く声を上げる。

「うーん。うん！　素晴らしい。どの角度から見ても最高だよ！　やったね、スラちゃん1号！　もちろんスラちゃん2号の活躍も大きいよ！　君が集めてくれた鉱石で、お風呂まで作れたからね！　でもどこで見つけたの？　まあそれは今度でいいや！　お風呂だー！」

スラちゃん2号が持ってきた鉱石の中に大理石のような物があり、スラちゃん1号に頼んで、それで浴槽《よくそう》を作ってもらったのだ。

浴槽の広さは和也が寝転がっても問題なく、大人《おとな》五人くらいまでなら入れるようになっている。洗い場は数人が並んでも大丈夫なように作られており、さながら大浴場といった感じだ。

和也はすでにスライム達と一緒にお風呂に入る気満々になっていた。

「あとは水筒からお湯を出してしばらく待てばいいかな。この水筒は温度調節もできるから便利だよね」

和也が水筒を引っくり返すと、水筒から熱いお湯が出てきた。彼は感心したようにその光景を眺め、思わず口にする。

「溢れたときに排水《はいすい》できるようにしたし、あとは待つだけ！　スラちゃんやちびスラちゃん達と一緒にお風呂に入れる！　むはー。これって天国だねー」

和也は今にも飛び込みたい気持ちになっていた。

5．サービスタイム？

しばらく待っていると、浴槽にお湯が溜まりきった。

「うーん。良い感じだねー。これは素晴らしい入浴タイムになるのではないだろうか。石《せっ》けんがないのが残念だけどねー。さすがに持ってないよね？」

和也が服を脱《ぬ》ぎながらスラちゃん達に尋ねると、スラちゃん達は石けんが何か分からないらしく困ったようにユラユラと揺れていた。

それから和也はかけ湯をして、ゆっくりと湯船に入る。

「ふぁぁぁぁサイコーー！　やっぱり風呂最高！　湯加減最高！　ほら、スラちゃん達も入っておいでよ！」

最初はお風呂にビクビクしていたスラちゃん達だったが、いったん入ってしまうと、その気持ちよさが分かったらしい。浮かんだり潜《もぐ》ったり泳いだり、楽しそうに遊び始めた。

「ほいほいー。こっちにおいで。そろそろ身体を洗《あら》おっか？　まずはちびスラちゃん達からかな。浴槽の中で洗っちゃおうね。普通に銭湯《せんとう》でやったら怒られるだろうけど、ここは俺の家だから問題ないよね。あれ？　なんか泡《あわ》が出てきた？」

ちびスラちゃんを捕《つか》まえて万能グルーミングで出した手袋を装着して洗うと、なぜか勢いよく泡立《あわだ》った。試しに手袋を外《はず》してちびスラちゃんに触ってみても泡は出ない。

和也は考え込みながら呟く。

「……つまり、俺が身体を洗うのには石けんが必要だと思ったから、手袋にその効果が付いたってこと？　ん！　これが、エイネ様が言っていた『望む形の道具を生み出す能力』か！」

なんとなく仕組みを理解したので、和也はさらに試してみることにした。

「じゃあ、香りも付けてみようかな……ふいー。ちょっとのぼせてきた。水筒の温度を冷たい水にして飲んで……うん！　生き返った。スラちゃん達は大丈夫なの？」

和也が水筒から水を飲みながら、スラちゃん達のほうに視線を移すと、スラちゃん達は妙な動きをしていた。

スラちゃん達は触手を動かして、何やら楽しそうにしているのである。さらによく見てみると、一匹のちびスラちゃんが触手から泡を出しているのが分かった。

「ちびスラちゃんα《アルファ》？　ちょっとそれ、俺にもくれない？」

和也はちびスラちゃんαと勝手に命名し、その子から泡を受け取ってこすり合わせると、石けんのように泡立った。

大喜びした和也は、その泡を身体中にこすりつけて洗っていく。そしてテンションが上がった彼は、泡立った状態で浴槽の中で立ち上がりガッツポーズする。

「やった！　石けんじゃん！　どうしたのスラちゃん達？　なんで触手を伸ばしてくるの？　ちょっ！　くすぐったいよ。やめて！　ちょっ！　駄目だって！　くすぐったいから！」

和也としてはちびスラちゃんの能力に喜んだのだが、スラちゃん達は何やら勘違《かんちが》いしてるらしい。和也を喜ばせようとして、さらに泡まみれにしようとしてくる。

スラちゃん達やちびスラちゃん達は容赦《ようしゃ》することなく、全力で触手を動かして和也の身体をくすぐり続ける。

浴室にはしばらく和也の悲鳴が響くのだった。

それから数分後。

「はあはあ……いいかい？　石けんまみれの触手で、俺を触りすぎるの禁止！　分かった？」

お風呂から上がった和也は、スラちゃん達とちびスラちゃん達を一列に並べて、仁王立《におうだ》ちで説教をしていた。本来なら正座をさせて反省文を書かせたいところだが、そんなことができるわけもない。

ともかく説教の効果があったのか、スラちゃん達は反省しているようだった。

「反省した？　俺は風呂場の掃除をしてくるからもう少しそこで……」

和也が掃除用のスポンジを持って再び風呂場に向かおうとすると、スラちゃん1号が触手を伸ばしてきた。

「どうしたの？　え？　自分達で掃除をするの？」

スラちゃん1号は和也が持っていたスポンジを取り、2号やちびスラちゃん達を連《つ》れて浴室に向かった。

「……言いすぎたかな？　いや！　こういうときはガツンと言っとかないとね。しっかりとルールを決めとくのが大事なんだから」

とはいえ心配になった和也は、コッソリと浴室を覗き込む。

「どれどれ、どんな感じで頑張っているのかな？」

和也の目に映ったのは、天井にまで張り付いて掃除をするスラちゃん達だった。

掃除の出来は完璧以外の何物でもなく、浴室は使用前以上に輝いていた。和也は目頭《めがしら》を押さえながら何度も頷く。

「あんなに一所懸命《いっしょけんめい》に掃除してくれるなんて！　俺の言ったことを分かってくれたんだね」

掃除が終わって戻ってきたスラちゃん達を和也は一匹ずつ褒めると、ご褒美《ほうび》とばかりに万能グルーミングで作り出した手袋を装備《そうび》して撫でまくる。

満足げな表情を浮かべた和也は、今日の行動を終わらせ寝ることにした。

「スラちゃん達はどうするの？　良かったら今まで通りにベッドになってくれないかな？」

風呂場から寝室に移動し、物欲《ものほ》しそうにスラちゃん１号をちらちらと見る和也。

スラちゃん１号は分かっていますと言わんばかりに平《ひら》べったくなり、ウォーターベッドのような形になる。

続いてスラちゃん２号が薄くなって掛け布団になってくれた。

「な、なん……だ……と？　スラちゃん達によるサンドイッチだと？　ありがとうございます！」

和也は大喜びでダイブすると、その勢いで寝てしまうのだった。

6．和也、目覚《めざ》める？

「ふわぁぁぁぁ。よく寝たー。スラちゃん２号、お腹すいたー。ご飯食べたいー」

家もでき、生活の基盤が整ったことで、和也は自堕落《じだらく》に陥《おちい》っていた。

素晴らしきスラちゃん達のベッドで目覚《めざ》め、用意された肉・魚・果物・木の実・野菜を食べ、お風呂でマッタリとした安息《あんそく》時間を過ごす。

まさに夢のような二週間が過ぎていた。

そんな生活が続けば、身体も変化してしまうだろう。和也は無精《ぶしょう》ひげを生《は》やし、髪の毛はボサボサという見るも無残《むざん》な姿になっていた。

和也は大きくあくびをしながら、自分のお腹を見て愕然《がくぜん》とする。

「な、なんだと？　お腹がぷよぷよになってる……」

異世界に転生して若返り、見る者誰もが振り返るイケメン少年になったはずが、全体的に丸くなっているのである。そして、背中に手を伸ばそうとして世界が終わった顔になる。

「こんなところまで贅肉《ぜいにく》が付いている。駄目だ……駄目だ！　駄目な身体になってる！　このままだとスラちゃん達に養《やしな》われるだけの、ぷにぷにのヒモ生活になってしまうじゃないか！　食《く》っちゃ寝《ね》がこれほど危険だとは……」

膝と手をついて崩れ落ちている和也に、スラちゃん達が触手で慰める。それはまるで「いいのよ。私達が好きでやっているのだから」と言っているようであった。

そんなスラちゃん達に免罪《めんざい》された気分になっていた和也だが、大きく頭《かぶり》を振ると勢いよく立ち上がり握りこぶしを作る。そして気合《きあ》いを入れて大声で叫んだ。

「ぷにぷにな身体を解消するために運動をしよう！　普通の運動だと途中で飽きるから畑でも作ろう。身体も動かして美味しい物も食べられる！　一石二鳥《いっせきにちょう》じゃないか！」

それから和也は丸々とした身体を動かして外に出ると、スラちゃん1号にお願いする。

「ねえスラちゃん1号。これを作ることはできる？　形はこんなだけど？」

和也が地面に描いたのは鍬《くわ》の絵である。スラちゃん1号はあっという間にそれを作ってくれた。和也はその鍬を持って周囲を耕《たがや》し始める。

「えんやーこーら！　俺のぷにぷに解消のためー。負けるなー。逃げるなー。頑張るのだー。俺すごいー」

音程《おんてい》も歌詞も無茶苦茶な感じで、和也は歌いながら一心不乱《いっしんふらん》に鍬を振るった。

順調に作業を続け、広場の半分以上の面積を耕した和也はふと周囲を見渡し、我に返ったように呟く。

「やりすぎた。畝《うね》まで作っちゃったよ。良い感じで農道《のうどう》まで作ったけど、何を植えたら良いのだろうか？　何か持ってない？　種的なやつが欲しいんだよ」

和也の問いかけに、畑の端《はし》で和也を応援していたスラちゃん1号が寄ってくる。そして、触手を伸ばして和也に手渡してきたのは、植物の種であった。

「持ってたの？　さすがスラちゃん！　これを順番に植えよう！　スラちゃん達も一緒にしようよ」

嬉しそうに種をまき始めた和也。彼に続いて、スラちゃん達も畑に入って種まきをしてくれる。

「俺達頑張った！　みんな偉《えら》い。いでよ！　万能グルーミング！　ほら順番に撫でていくよー。はい、並んだ並んだ。まずはスラちゃん1号からだね」

ひと通り作業を終えると、和也は万能グルーミングで手袋を作り出し、スラちゃん1号から順番に撫でていった。そうして泥《どろ》だらけになっていたスラちゃん達を綺麗にしていくのだった。

身体の隅々までチェックをし、泥が付いていないのを確認すると、全員をお風呂に連れていき、最後の仕上げとばかりに石けんで磨き上げてあげた。

❖
❖
❖

さらに一ヶ月が経った。

和也の朝は早い。日が昇《のぼ》ると同時にスラちゃん1号に優しく起こされた和也は、優雅《ゆうが》なモーニングを食べる。今日のメニューは、薄く切って焼いた肉と森で採れたリンゴのような果物。飲み物は、創造神エイネにもらった水筒から出る水だ。

朝食後、和也は畑へ行き、畑の水やりや収穫《しゅうかく》を行う。採れた野菜はちびスラちゃん達と地下室に運び、ついでに地下室の掃除に精《せい》を出す。

かつての贅肉まみれだった和也の身体は、スポーツもできそうなイケメン体型に戻っていた。

「今ならフルマラソンにも参加できそうだな」

和也は自分の身体を見ながら自画自賛《じがじさん》する。

そんな彼の様子を、スラちゃん1号は微笑《ほほえ》ましそうに眺めていたが、しばらくして何か言いたそうに近付いてくる。どうやら和也の長い髪が気になったようである。

「え？　ここに座れって？」

戸惑い気味の和也を椅子に座らせると、スラちゃん1号は触手をハサミのように変形させ、彼の髪を器用に切っていった。

「いやー。スラちゃん1号は散髪《さんぱつ》もできるんだねー。なんでそんな特技があるのかな？　え？　秘密だって？　もう隠しごとが好きなんだから！　でもまたお願いね。うーん。これから何をしようかなー。畑も一段落したしなー。そうだ！　狩りに行こう」

髪の毛がさっぱりした和也は次なる目的として、狩りに挑戦することにした。

ちなみに、この数ヶ月ほどで和也は動物の解体を一人でできるようになっていた。さらには、野草や木の実についての知識も増え、スラちゃん達なしでも自活できるまでに成長していた。

「スラちゃん達、俺が使えそうな狩猟《しゅりょう》道具って作れるかな？　俺が使うとすれば弓だろうか？　護身用《ごしんよう》の剣も欲しいけど……とりあえず弓矢を作ってくれると嬉しいな？」

和也がそう言ってお願いすると、スラちゃん1号と2号が触手を合わせて相談を始めた。

そして二体は大きく弾みだし、身体から細長い枝を次々と吐き出した。よく見ると、それらは矢として完成しており、鏃《やじり》や矢羽まで付いている。和也には、スラちゃん達がどうやってそれを作ったのかまったく分からなかった。

「これってどういう風《ふう》に――な……んだと」

和也が矢を手に持って不思議そうにしていると、スラちゃん達はさらなる作業を進める。スラちゃん達は弓の形をした枝に弦《つる》を張り、「どうかしましたか？」と言わんばかりの表情を和也に向けていた。

「ううん、なんでもないよ！　さすがはスラちゃん達だと思っただけ！　でも、こんな立派な弓、俺に引けるか？　……うん。なんとか引けるけど、獲物を狩れるかな？」

弓を構えただけで和也の腕はプルプルと震えてしまった。試しに一射してみたが、それだけで腕の筋肉は動かなくなってしまう。どうやら今の和也では獲物を獲《と》るのは難しそうだ。

「うーん。どうしよう。このままずっとスラちゃん達に狩猟してもらうのは申し訳ないしなー。そろそろ他の生き物も仲間にしようかな……」

和也が何気なくそう呟くと、スラちゃん達が悲しそうに震えだした。スラちゃん達は、和也に捨てられてしまうと思ったらしい。

和也は慌てて弁解《べんかい》する。

「違うよ！　スラちゃん達を見捨てるわけないだろ？　君達がいないと俺は何もできないんだよ。そんな寂しそうな顔をしないでよ！」

続けて、和也は万能グルーミングでスラちゃん達を癒してあげる。

「いでよ！　万能グルーミング！　ほら！　こっちおいで。撫でてあげるから。これからも一緒に頑張ろうね」

和也は、寂しそうにしているスラちゃん達に近寄り、彼らを優しく撫でてあげるのだった。

和也に撫でられ、スラちゃん達はピカピカに光りながら、嬉しそうにしていた。

7．次なる仲間の予感

弓の練習を続け、一ヶ月が経った。

初めの頃に比べて飛躍《ひやく》的に上達しており、静止した状態なら十メートルは離れていても当てられるようになった。手応《てごた》えを感じた和也は、改めて狩りに向かうことにした。

和也は心配そうにするスラちゃん達に笑いかける。

「大丈夫だよ。スラちゃん1号には留守番をお願いするけど、スラちゃん2号は俺に付いてきてほしい。それとちびスラちゃん達は、俺がたくさん動物を狩ってくるから地下室の掃除をお願い。あと、最近は畑に虫が多く出るから、そっちの対応も頼むね」

スラちゃん1号達に見送られた和也達は、広場の北側から探索を始めた。

和也は警戒しながら進みつつ、リスやネズミを見つけては矢を放つ。

「それにしても俺も弓が上手《うま》くなったよなー。元の世界に戻ったら世界大会で優勝できるんじゃないかな？　もちろん、スラちゃん達が作ってくれた弓と矢の性能がすごいのは分かっているけどね。あれ？　あの先に何かあるのかな？　ちょっと様子を見に行こう」

すると、少し離れた場所から叫び声が聞こえたので、和也は木の陰《かげ》から顔を覗かせる。

目にした光景に、思わず叫びそうになった。

そこには、武器を持って悪意をむき出しにした緑色の醜悪《しゅうあく》な魔物がいたのだ。いわゆるゴブリンというやつである。その数は三匹で、小さな犬のような生き物に暴行《ぼうこう》を加えていた。

「助けよう。まず俺が弓で攻撃するから、そのあとにスラちゃん2号は、こっちに向かってくる奴を倒してほしい」

和也がそう指示を出すと、スラちゃん2号が頼もしく触手を上げた。さっそく和也は弓を引き絞《しぼ》って狙《ねら》いを定め、そして息を止めて指を離す。

「ぎゃ！」

和也の放った矢は、ゴブリンの一匹に吸い込まれるようにして突き刺さった。ゴブリンは後頭部から撃《う》ち抜かれ、膝を折って派手《はで》に倒れた。

残りのゴブリン達はキョトンとしていたが、すぐに和也の姿を確認すると、怒りも露《あら》わに向かってくる。

「うわっ！　こわ！　こっち来るな！」

和也目掛けて、ゴブリン二匹が剣と棍棒《こんぼう》を振り回して襲ってくる。身長は和也の肩もないくらいだが筋肉質であり、どちらも凶悪《きょうあく》な形相《ぎょうそう》をしている。

「もう一撃放つ！」

和也が放った矢は狙いが甘く、一匹の肩に当たるに留《とど》まった。攻撃を受けた一匹の動きは悪くなったが、それでも和也に向かってくる。

矢を撃たれていない棍棒を持った一匹は速度をさらに上げ、和也に攻撃を仕掛けようとした。

「ぎゃー！　ぎゃぎゃぎゃ！」

そのとき、和也を庇うようにスラちゃん２号が前に出る。

そして、溶解液を噴《ふ》きつけた。

攻撃を受けたゴブリンは煙を上げながらのたうち回る。混乱しているそのゴブリンを放置して、スラちゃん2号は残りの一匹にも溶解液を吐きつけた。

「うわぁ……エグい」

和也はそう呟きながらもゴブリンが持っていた棍棒を奪《うば》い取り、地面で苦しんでいる一匹に向けて打ち下ろした。何度か殴打《おうだ》して動かなくなったのを確認すると、残りの一匹にもトドメを刺す。その後、スラちゃん2号は動かなくなったゴブリン三体をまとめて取り込み、無事、戦闘は終了した。

和也は、ゴブリンに襲われていた犬のような生き物に声をかける。

「大丈夫かい？」

「ぐるるるるーー！」

その生き物はいわゆる犬獣人という種族だった。犬獣人は怯えきっており、和也を威嚇《いかく》するように吠《ほ》える。

「大丈夫だよー。ほら怖くない。大丈夫だよ。こっちにおいで。ぎゃー！　危ない！　噛《か》もうとしないで！　敵じゃないから」

ゆっくりと手を伸ばす和也に、犬獣人は犬歯《けんし》をむき出しにして噛みつこうとする。

慌てて手を引っ込める和也だったが、何度か威嚇されながらも手を伸ばし続ける。犬獣人の威嚇が一向にやまないので困っていたら、スラちゃん2号が犬獣人に近付いて触手を伸ばす。

「きゃうっ⁉　くーん。くーん」

犬獣人はスラちゃん2号を見て驚いた顔をすると、やがて腹を出して媚《こ》びるような声を出し始めた。和也が首を傾げてその様子を見ていると、スラちゃん2号は和也のほうを向く。

「え？　もう近付いて良いって？　そうなの？　本当だ。スラちゃん2号が事情を説明してくれたんだね。ありがとう！　……それにしてもこの子、毛がボサボサだねー。これはグルーミングしがいがあるなー。いでよ！　万能グルーミング！　今回は初めて手袋じゃない物にしてみました。霧吹《きりふ》きと櫛《くし》です！」

和也は左手に霧吹きを、右手には櫛を装備した状態で小さな魔物に近付く。

突然、霧吹きから水を吹きつけられた犬獣人はビクッとしていたが、スラちゃん2号のほうに目をやり、目をつぶって動かなくなった。

「大丈夫だよ。痛くしないからね」

和也は嬉しそうにしながら、犬獣人の身体に櫛を入れていった。

「よーし。よしよーし。大人しくて良い子ですねー。そうそう。そんな感じで身体を動かしてくれると助かる。ん？　ここか？　ここがいいのか？　存分に櫛を通してやるぞー」

それから和也は霧吹きから水をかけただけでは櫛が通りにくいと判断し、シャンプーをするために犬獣人を近くの川に連れていくことにした。

犬獣人と一緒に川の中に入り、万能グルーミングの効果を巧《たく》みに使って泡立ててあげると、縦横無尽に櫛を入れる。櫛が通りにくい場所は、お湯を入れた霧吹きで柔らかくなじませ綺麗にしていった。一度の洗いでは泡立たなかったので、数度にわたって洗い続ける。

「うんうん。良い感じで泡立ってきたな。あっ！　目を開けたら駄目だぞ。ほら、痛かっただろう？　そうそう。じっとしといて。これからもう一度、櫛を入れながら綺麗にしていくからねー。スラちゃん2号。タオルちょうだい」

身体の中からタオルを吐き出したスラちゃん2号からそれを受け取り、和也は優しく犬獣人を拭《ふ》いていく。

「わふ？　くおん！　きゅうおん！」

「お？　喜んでくれてる感じ？　おお！　ものすごく綺麗な毛並《けな》みじゃないか。圧倒的な戦力だと誇《ほこ》っていいよ！　本当に誇っていいね！　大事なことだから二回――わ！　ちょっ！　待って！」

身体を拭かれた犬獣人は見違えるように綺麗になった。

ふわふわになった体毛。小柄な身体に、つぶらな瞳。手を握ると肉球が優しく押し返してくる。まるでポメラニアンが人型になったような姿だ。

初めは警戒していたが、和也が危害を加える者ではなく、守ってくれる存在だと気付いたようで、犬獣人は和也の顔を舐《な》め始めた。

「わっはっは。ちょっ！　くすぐったいって！　よしよし。今までつらかったんだろうな。もう大丈夫だぞ。俺が養ってあげるからね。そうだ！　名前を付けないと」

和也は犬獣人を眺めて名前を考える。

見た目は犬のようなので、和也の安直《あんちょく》な感性が炸裂《さくれつ》した。

「よし！　犬だから君の名前はイーちゃんだ。どう？　おお、喜んでくれてる？」

「くおん！　きゃうきゃう」

イーちゃんと命名された犬獣人はそれが自分の名前だと理解すると、和也に思いっきり抱きついた。

和也は再び顔を舐められ、そのまま押し倒されてしまった。和也は嬉しそうにしながら、お返しとばかりにイーちゃんの身体をくすぐる。

大喜びしているイーちゃんと、楽しそうにしている和也。スラちゃん２号とちびスラちゃん達はそんな光景を眺めていたが、やがて我慢《がまん》しきれなくなったのか和也達に飛びついた。

「ふふ。よし！　全員、グルーミングだ！」

和也は万能グルーミングで手袋と櫛を作り出すと、全員を満足させるまでお手入れしてあげるのだった。

❖　❖　❖

「よし、家に戻ろう。そういえば、スラちゃん2号はゴブリンを取り込んだままだけど、大丈夫なの？　不味《まず》かったらペッするんだよ？　え、大丈夫なの？　だったら良いけど……」

和也に心配され、スラちゃん2号は「大丈夫だ」といった感じで触手を動かす。広場に戻ってから出すようだ。

それからみんなで、家に向かって動き始めた。

途中、和也がイーちゃんをグルーミングしたり、それにスラちゃん2号が嫉妬《しっと》して和也に体当たりしたり、いきなり魔物に襲われてちびスラちゃん達が連携《れんけい》して倒してくれたり、和也がきのこを見つけてハイテンションで採取《さいしゅ》したりと……色々あった。

そんなこんなで思った以上に時間をかけながら、和也達は広場に戻ってきた。

和也は出迎《でむか》えてくれたスラちゃん1号に声をかける。

「ただいまー。お土産いっぱいだよー。それと新しい仲間がやってきたよー。紹介するね。悪いゴブリンに襲われていたのを俺とスラちゃん2号とで助け出した、イーちゃんです！」

イーちゃんをスラちゃん1号に紹介すると、スラちゃん1号はゆっくりとした動作で近付き、和也のほうへ触手を伸ばしてくる。

和也は、スラちゃん1号のよそよそしい態度から、イーちゃんを勝手に連れてきたことを怒っていると思ってすぐに弁明する。

「違うんだって！　本当に襲われていたんだよ。可哀想《かわいそう》じゃん。三匹でイーちゃんを虐《いじ》めてたんだよ？　普通助けてあげるよね？　ねえいいでしょ？　イーちゃんも一緒に住んで」

「きゃう？」

スラちゃん1号はもう仕方ないわねえといった仕草をすると、イーちゃんに近付く。そして触手を伸ばして探りだした。

しばらくしてスラちゃん1号は、鍬、鎌《かま》、ジョウロを取り出し、それをイーちゃんに渡す。そのまま二人は畑へ行き、スラちゃんはイーちゃんに農作業するように指示した。

「おお、さっそくイーちゃんが働いてくれてる！」

和也がそう言って感動していたのだが、イーちゃんは困った顔になる。収穫した物で両手がいっぱいになってしまったらしい。

それを見ていたスラちゃん1号は地下室に向かうと、ちびスラちゃん達何体かを連れて出てきた。

ちびスラちゃん達は身体を凹状《おうじょう》にし、イーちゃんが収穫した作物を受け取る。そうしてちびスラちゃん達は作物を地下室に格納《かくのう》していった。

「おお、なんて連携された動き！　イーちゃんがみんなと仲良くしている……あれ、ちょっと待てよ。畑仕事をイーちゃんがするとなると俺の仕事がなくなる？　やばい。またヒモに逆戻りだ！」

楽しそうに働いているイーちゃんを見ながら、和也は危機感を覚えるのだった。

8．和也の優雅《ゆうが》な一日

「ふわー。よく寝たー。おはよう、スラちゃん達」

そんな危機感もすぐに忘れ、気持ちよく目を覚ました和也は伸びをし、布団になってくれたスラちゃん達に挨拶《あいさつ》する。そして服を着替え、用意されたパンとコーヒーを口にする。

「それにしても、どうやってパンが作れるようになったの？　え、秘密なの？　まあ美味しいからいいけどさ。コーヒーもスラちゃん達の身体から出てくるよねー。本当に不思議生物だね。スラちゃん達って」

和也がそう言うと、スラちゃん1号と2号は布団形態から戻って、ピョンピョンと跳んだ。褒められたと思って喜んでいるらしい。

それから和也は朝食のお礼に、万能グルーミングで出した手袋で、二匹ともつやつやにしてあげるのだった。

「きゃうきゃう。ふーん。きゃう！」

和也は、機嫌良く畑作業をしているイーちゃんを眺めながら、美味しい紅茶を飲んでいる。

すでにイーちゃんがやってきてから一週間が経っていた。イーちゃんの働きぶりはすさまじく、目を見張るレベルである。

「イーちゃんの仕事は職人の域だね。それにしても植物って一週間でこんなに育つの？ここまでイーちゃんが働き者だと、俺のヒモ生活に拍車《はくしゃ》がかかりそうで怖いね。そんなことより、イーちゃん、こっちおいでー」

「きゃう？　きゃうきゃう！」

畑仕事をしていたイーちゃんが、大きく尻尾を振りながら和也に近付いてくる。和也に身体をこすりつけるように親愛行動をしてきたので、和也はイーちゃんを撫でてあげる。

「きゅっ！　きゃう！　くーん！」

「ん？　なるほど。もっと激しくってことだな。なら、任せなさい。いでよ！　万能グルーミング！　よーし、思う存分にモフってやろう。我《わ》が腕の中で幸せに満ち溢れるが良い！」

万能グルーミングでブラシを生み出すと、和也はイーちゃんの全身を優しくブラッシングしていった。イーちゃんが気持ちよさそうに声を上げる。

「ふにゃぁぁぁ。きゃぅぅぅ」

「ふははは！　良いだろう。素晴らしいだろう！」

今やイーちゃんは和也に完全に身体を預けている。

イーちゃんにはブラッシングだけでなくトリミングも定期的に行っていたので、最初の姿とは見違えるほど綺麗な姿になっていた。

「きゃう。きゃうきゃう！」

「はっはっは！　喜んでくれて俺も嬉しいよ。そろそろ俺は昼食の用意を始めようかな。じゃあ、イーちゃんは引き続き畑仕事をよろしくね！」

「きゃう！」

イーちゃんの毛並みを堪能《たんのう》した和也は、紅茶を一気に飲み干すとその場を離れた。ちなみに和也が飲んでいた紅茶は、スラちゃん達が出してくれたものだが、その出どころはよく分かっていない。

家の調理場で、和也はご機嫌な感じで考え込んでいる。

「今日は何を作ろうかなー。たまには煮込《にこ》み料理でもしよう。なぜか塩も胡椒《こしょう》もあるし出《だ》汁《し》もあるからね。あとは穀物《こくもつ》類が欲しいよね。米とかうどんとか食べたい」

　和也は慣れた手つきで食材を切って次々と鍋《なべ》に放り込む。そしてスラちゃん2号が狩ってきてくれていた肉も一緒に煮込みつつ味を調《ととの》えていく。

「うんうん。いい感じになってきたな。料理名はよく分からないけど煮込んでしまえば美味しくなるだろう。スラちゃん1号ー！　ちょっと味見をしてほしいけど、こっちに来られるー？」

　和也が大声で呼ぶと、スラちゃん1号が「どうかされましたか？　私も忙しいのですよ」という雰囲気《ふんいき》を出しながらやってきた。それはまるで、新妻《にいづま》が甘えん坊の旦那《だんな》のもとへエプロンを外しながらやってくるような感じである。

「味見してほしいんだよ！」

　和也にそう頼まれ、スラちゃん1号が料理に触手を伸ばす。そして一匙《ひとさじ》すくって味見をすると、しばらく考え込み、塩をひとつまみして鍋へ入れた。

「え、これでどうって？　……うん。いい感じになった！　それじゃあお昼にしようか。スラちゃん1号は準備をお願いね。俺はちびスラちゃん達やイーちゃんを呼んでくるよ」

　それから和也が地下室へ行くと、ちびスラちゃん達が甲斐甲斐《かいがい》しく荷物の整理や害虫退治をしてくれていた。

　そこでふと、和也はちびスラちゃん達の変化に気付く。

「あれ？　ちびスラちゃん達増えてる……よね？」

さらに地下室自体も変わっていて、奥に扉が設置されていた。そこから冷気が流れ出しているのが見える。

和也は首を傾げながら、扉の中を覗き込む。

「おお、寒い！　もしかして冷凍室を作ってくれた？　知らなかった！　肉がカチコチに凍《こお》ってる！　ひょっとしてこれまでも、俺が使うときに事前に解凍《かいとう》して渡してくれていたのかな？」

感心しながら和也は部屋の中に入っていく。改めて周りを見渡すと思った以上に広く、収納されている肉や野菜は綺麗に分類されていた。

「へー、冷蔵スペースと冷凍スペースに分かれているんだ。でも、どうやって温度を下げてるんだろう？　……あれ？　あの隅《すみ》っこにあるのはなんだ？　あそこから冷気が出ているのか」

和也が目を凝らしていると、氷の塊《かたまり》のような状態で冷気を吐き続けているちびスラちゃんを発見した。

「ええ!?　ち、ちびスラちゃん！」

和也は驚愕《きょうがく》の表情を浮かべ、慌てて駆け寄る。

「ち、ちびスラちゃんμ《ミュー》？　なんて姿に……し、死んでる？　嘘でしょ！」

勝手に命名したちびスラちゃんμは白い煙を出しながら微動《びどう》だにしない。和也は慌てて抱き上げようとするが、あまりの冷たさに驚いてしまう。

するると、ちびスラちゃんμのほうから触手を伸ばしてきた。まるで「どうしたの？」と聞いているような動きである。

和也は首を傾げながら、恐る恐るちびスラちゃんμを抱き上げる。

「やっぱり冷たい！　……え、元気だから気にしないで？　ひょっとして進化してアイスちびスラちゃんになったの？　そうなんだ！　だったら進化した記念に名付けをしないと！　君はちびスラちゃんμからレイちゃんに変更だ！　冷蔵庫だからね！」

相変《あいか》わらずのネーミングセンスを発揮した和也だったが、ちびスラちゃんμはその名前を気に入ってくれたようだ。ちびスラちゃんμ改めレイちゃんは、触手をウネウネと動かして喜びを表現する。

「食事はどうしてるの？　その状態だから冷蔵庫からは離れられないよね？　え、交代制なの？　じゃあ、ここに来るちびスラちゃんはみんなレイちゃんになるの？」

和也が万能グルーミングで出した手袋でレイちゃんを撫でて質問すると、レイちゃんは触手を動かして肯定《こうてい》を示した。

「そうなんだ。じゃあレイちゃんは役職名なんだね。ちなみにご飯作ったけど今は動ける時間なの？　え、勤務《きんむ》中だからあとで食べます？　なんて頑張り屋さんなんだ！」

和也は感動しながらレイちゃんに付いた霜《しも》を取ってあげ、つやつやになるまで磨き上げてあげるのだった。

その後、冷凍室を出た和也は家の食堂に向かう。

「ひゅー。寒かったね。レイちゃんは我慢強いなー。交代制なのもびっくりだよねー。レイちゃんが冷気を吐き出すのはすごかったなー」

食堂では、すでにイーちゃん達が美味しそうに食事をしていた。

「スラちゃん1号。俺にも用意してくれる？　温かいのが食べたい！」

和也の声に、スラちゃん1号は「はいはい。分かりましたよ」との感じで、スープを渡してくれた。

「美味い！」

芯《しん》から温まるスープを飲み、和也は絶賛《ぜっさん》の声を上げた。それからみんな仲良く食事をし一休みする。

「ふー、食べたー。午後は何をしようかなー？　そろそろ広場の拡張しようかな？　でも拡張するにしても木を切るのは大変なんだよなー。なんとかならない？」

和也の無責任なお願いに、食器を片付けていたスラちゃん2号が触手を動かしながら考え込む。そしてしばらくすると、スラちゃん2号は大きく振動を始めた。

その動きはスラちゃん1号が分裂したときと同じだったので、和也は期待に目を輝かせる。

「ひょっとして……スラちゃん3号の誕生《たんじょう》なのでは!?」

スラちゃん2号は大きく頷くように弾み、いったん動きを止めると、そのまま二つに分裂した。

和也は、分裂した二体はほとんど同じようにしか見えないが、和也には区別が付くらしい。

「初めまして。スラちゃん3号。君の誕生を心から祝福《しゅくふく》するよ。いでよ！　万能グルーミング！　じゃあ初めての出会いを祝して、グルーミング歓迎だ！」

和也はスラちゃん3号の身体を隅々までつやつやにしてあげた。スラちゃん3号から感謝を伝えられると、続いてスラちゃん2号を撫でてあげる。

「お疲れ様。分裂って疲れるんだよね？　俺のために分裂してくれたんだろう？　ありがとう」

和也が優しい声をかけると、スラちゃん2号も嬉しそうに触手を揺らした。

それからしばらくスラちゃん2号を撫で続け、自分まで気分が良くなってしまった和也だったが、1号が放置されていることに気付く。

「ごめん！　スラちゃん1号の存在をすっかり忘れてた！　そもそもスラちゃん3号に誕生してもらったのは、木の伐採《ばっさい》をお願いしたかったからなんだけど……大丈夫かな？」

すると、スラちゃん1号は触手を動かして「問題ないよ」と応えてくれる。

さっそくスラちゃん3号は外に出て、広場の北側に向かっていく。そして手近にあった木に近付くと、身体の一部を硬化《こうか》させて伐採を始めた。

どうやら硬化させつつも、溶解液で木を溶かしているらしい。しばらくすると、大きな木が音を立てて倒れた。スラちゃん3号は横たわる木に近付き、細かな枝を落としていった。

「あれ？　ちびスラちゃん達がやってきた？　どうしたの？　お手伝いするの？」

倒木の音が聞こえたのか、十匹ほどのちびスラちゃん達がやってきた。

そして彼らは、枝に飛びかかると次々と身体に取り込んでいく。枝がなくなり綺麗な丸太になると、ちびスラちゃん達はその丸太を協力しながら広場の一角に運んでいった。

「へー。木をそこに置いて乾燥《かんそう》させるんだ。うお！　スラちゃん3号がものすごい勢いで木を切り倒していってる。イーちゃん！　こっちも耕してくれる？　ここも畑にしたいんだよ！」

働き者のイーちゃんにも指示をしつつ、その日の晩ご飯が出来上がるまで、みんなで作業を進めるのだった。

9．さらなるもふもふの追加？

それから数日後。

スラちゃん3号が生まれてから広場の拡張が急速に進み、それに合わせて和也の家も大きくなった。今では屋敷と呼べるレベルになっている。

木が伐採された場所は畑や遊び場として整理され、どこからどう見ても立派な村といった感じになった。

「そういえば、イーちゃんの仲間っているの？」

和也はいつものようにのんびりしながら、何気なくイーちゃんに尋ねる。イーちゃんは少し首を傾げ、何かを思い出したように話しだす。

「きゅい！　きゃうきゃう！　きゃんきゃん」

一所懸命に伝えようとするイーちゃんの可愛さにやられた和也は、万能グルーミングでブラシを出してイーちゃんのお手入れを始めた。気持ちよさのあまり身を任せそうになったイーちゃんだったが、説明が途中だったので和也を制止する。

「きゃう！」

「ごめん、ごめん。俺から聞いといてそれはないよね。その感じだと仲間はいるんだよね？　場所分かる？　迎《むか》えに行こうよ」

「きゃう？　きゃう！　……くーん？」

和也の言葉にイーちゃんは嬉しそうにしたものの、何かを窺《うかが》うような表情になる。その視線の先にはスラちゃん1号がおり、スラちゃん1号は静かに和也とイーちゃんの会話を聞いているようだった。

「ん？　ああ、スラちゃん1号に気を遣《つか》ってるの？　じゃあ俺から聞いてあげるよ。スラちゃん1号！　イーちゃんの仲間を拠点に呼んでもいいよね？」

スラちゃん1号は触手を伸ばして少し考え込んでいたが、「仕方ないわね。ちゃんと面倒を見るのよ」という動きをすると、イーちゃんの肩をポンポンと叩いた。

「きゃう！」

イーちゃんはスラちゃん1号の触手を掴んで大きく上下に振り、それからスラちゃん1号に抱きつき、全身を隅々まで舐めて感謝を伝えた。

「いいなー。この二人の姿は心のフォルダに保存だね！　カメラが欲しい！　なんとかエイネ様にお願いできないかなー。くはー！　二人とも可愛いよー」

スラちゃん1号は「分かったから、やめなさい」との感じで触手を動かしていたが、イーちゃんは気にすることなく感謝を続けていた。

❖　❖　❖

「よし、準備万端《ばんたん》！　スラちゃん2号が一緒に来てくれる。ちびスラちゃん達は五匹持った！　完璧な布陣《ふじん》じゃないかね我が軍は！　我が軍？　……うん。なんでもないよ。出発しようか」

　そうして出発した和也達は、イーちゃんの案内で順調に進んでいった。

　途中、イノシシやクマのような動物が襲ってきたが、スラちゃん2号と意外にもイーちゃんの活躍によって、余裕でやり過ごすことができた。

「あれ？　俺の出番は？　一所懸命に弓の練習したよ？」

「わふぅぅぅ。きゃうきゃう！」

　自分の存在意義を疑《うたが》いそうになっている和也のもとへ、イーちゃんが「褒めて」と言わんばかりにやってくる。イーちゃんは狩ったイノシシを引きずって、大きく尻尾を振っていた。その嬉しそうな顔を見ては和也は何も言えず、万能グルーミングでブラシを出し、お手入れしてあげた。

　イーちゃんの頭を撫でていると、今度はスラちゃん2号がやってくる。スラちゃん2号が獲ってきたクマを和也の視線に入るようにアピールしてくる。

「ふふ、そうだよね。スラちゃん2号も頑張ってるもんね。本当に感謝しているよ！　クマは置いといてこっちにおいで！」

スラちゃん2号を呼び寄せると、万能グルーミングでブラシから手袋に変更して、スラちゃん2号をつやつやになるまで磨いていく。その間に、ちびスラちゃん達はクマやイノシシの解体をし、それをイーちゃんも手伝っていた。

「よし。良い感じで進んでいるから休憩《きゅうけい》しよう」

和也の宣言で、急遽《きゅうきょ》休憩をすることが決まった。

スラちゃん2号がイーちゃんに持ってもらっていた荷物から食事を取り出す。イーちゃんは全員が座れるようにレジャーシートらしき物を敷《し》いて飲み物を用意する。ちびスラちゃん達は周囲を警戒してくれていた。

そんな様子を和也は満足げな表情で眺めていたが、ふと気付いてしまう。

「ん？　やばい俺は何もしてないな。実にやばい。このままだと穀潰《ごくつぶ》しになってしまう。スラちゃん2号。俺にも仕事ちょうだい！　え？　美味しく食べてくれたら良いって？　そうなの？　じゃあイタダキマスー」

スラちゃん2号から「和也さんには美味しく食べてほしいっす！」と言われた気がした和也は、遠慮《えんりょ》なく用意された食事に舌鼓《したつづみ》を打った。今回の食事はパンにスープ、チーズだった。ちなみにチーズはスラちゃん達がなぜか持っていたもので、どういう風に手に入れたかは分からない。

「それにしてもパンにチーズを挟《はさ》むと、なんでこんなに美味しいのだろうねー。スラちゃん2号もイーちゃんも早く食べよう！　本当に美味しいから。ちびスラちゃん達も遠慮せずに食べるんだよ」

　和也が食べるまで口を付けないのがルールなのか、食事を前に待機状態だったが、和也の一声で食事を始めた。

　それからわいわい食事を楽しみ、あっという間にたいらげてしまう。片付けを終えると、和也はお茶を飲みながらイーちゃんに尋ねる。

「食事も済んだし進もうか。あとどれくらいで到着しそう？」

「きゃう？　ふんすん。きゃう！　きゃうきゃう」

　イーちゃんは鼻をひくつかせながら周囲を確認する。そして北東の方角を見ると、和也の腕を引っ張って場所を伝える。

「なるほど。そっちの方角に進めばもう少しで到着するんだね。じゃあ、勢いよく進もう！　みんな、準備は大丈夫？」

　和也の問いかけに、スラちゃん2号とちびスラちゃん達は触手を動かして応え、イーちゃんは一声吠えた。

　それから和也達は帰りに迷《まよ》わないように木々に傷を付けながら、森の奥へと進んでいった。

二時間ほど経った頃、イーちゃんが急に足を止める。そして小さな声を出し、和也に止まるよう指示する。

「どうしたの？ 着いたの？」

和也は、イーちゃんのただならぬ気配を察知して声を潜《ひそ》めた。

そうしてイーちゃんに促《うなが》されるままに木々の間から前方を覗き込むと、声を上げそうになった。慌てて口を手で押さえて身を引く。

和也の目に映ったのは、イーちゃんをイジメていたのと同じゴブリン達がイーちゃんの仲間達を酷使《こくし》している光景だった。寛《くつろ》ぐゴブリン達の側《そば》で、イーちゃんの仲間達は泣きそうな顔をしながら食事を運んでいた。

「あっ！ 酷《ひど》い。なんてことをしてるんだ」

ゴブリン達は、食事を運んできたイーちゃんの仲間を殴《なぐ》ったり蹴《け》ったりしている。

食事をこぼした子供の犬獣人が怒鳴《どな》りつけられ、落ちた肉を口にねじ込まれている。その子は我慢して砂混じりの肉をジャリジャリと音を立てながら食べていた。

「許せない。なんだよあれ。イーちゃんの仲間達が連れてこられてるんだね？」

「きゃううう」

イーちゃんは泣きそうになりながらも頷く。

和也は、普段の気の抜けた雰囲気が嘘のように厳《きび》しい表情をして立ち上がると、スラちゃん2号に告げる。

「スラちゃん2号なら全員倒せる？　もちろん俺も弓で援護《えんご》するよ」

スラちゃん2号は了承を示すように大きく触手を動かし、ちびスラちゃん達を集めて指示を出した。

「よし、じゃあ助けに行こう。俺達がイーちゃんの仲間を必ず救ってやる」

ゴブリンの数は見えるだけで十数体。奥に洞窟《どうくつ》があるので、そこにも相当な数がいると見られる。

彼らは武器も持たずに、イーちゃんの仲間をいたぶりながら食事をしていたが、やがてその場で寝転がって昼寝を始めた。

そのチャンスに、イーちゃんが仲間に声をかける。

「きゃう」

聞き取れないほどの小さな鳴き声だったが、イーちゃんの仲間達が反応する。そして彼らは、互《たが》いに顔を見合わせて小さく鳴き返した。

眠りこけるゴブリン達の間を縫《ぬ》って、和也達はイーちゃんの仲間のもとまでやってくる。

イーちゃんの仲間達の姿を見た和也はさらに怒りに震えた。そこには老若男女《ろうにゃくなんにょ》、様々な犬獣人がいたが、その誰もが磨けば素晴らしいもふもふを提供してくれるのは間違いなさそうだった。それにもかかわらず、今は全員が無残なほど薄汚《うすよご》れ、傷だらけになっていた。

「絶対に許さない。スラちゃん2号、これは戦争だよ！　俺がこの場所から攻撃するから、ちびスラちゃん達と協力して洞窟の中と、周りにいるゴブリンを倒そう！」

和也が矢をつがえて引き絞ると、その動きに合わせてスラちゃん2号は洞窟の中に、ちびスラちゃん達は、昼寝をしているゴブリンの側に移動する。

和也が気合いを込めて矢を放ったのを合図に、ゴブリンへの一斉攻撃が開始される。

「ぎゃ！」

くぐもった声が各所から響き、驚いたゴブリン達が慌てたように起き上がろうとしたが、次々と攻撃を受けて倒されていった。

和也がみんなに声をかける。

「よし、あらかた倒したぞ！　ちびスラちゃん達はスラちゃん2号の援護を頼む！　イーちゃんは皆の側にいるように！」

ひと塊《かたまり》になって震えるイーちゃんの仲間を見て、和也はさらなる怒りに震えた。

そうして彼は木こり用の斧《おの》を握りしめる。これまで弓での狩猟はしてきたが、斧のような近接武器での戦闘はしたことがない。

和也は震える膝を叩いて気合いを入れた。

「があああ！　よし！　大丈夫。俺はやれる！　いける！　よし、いくぞ！　うぉぉぉお！　……あれ？　スラちゃん2号？」

和也が斧を振りかざした状態で叫びながら洞窟に入ろうとすると、中から軽い感じで弾みながらスラちゃん2号が出てきた。

「あれ、大丈夫？　怪我ない？」

スラちゃん2号に駆け寄った和也は万能グルーミングで手袋を出して装備すると、スラちゃん2号の身体を撫でる。

和也の手さばきに気持ちよさそうにしていたスラちゃん2号だったが、触手を動かしてすでに中のゴブリンは倒したことを伝えてきた。

「え？　中にいたゴブリン達を全部倒したの？　大きなゴブリンもいたって？　大丈夫だったの？　まったく問題ない？　ふへぇー、スラちゃん2号はすごいね」

10．もふを満喫《まんきつ》してからの洞窟探検《どうくつたんけん》

「とりあえず中に入ろうか。ふむふむ、ちょっと待ってほしいって？　魔物の数が多くて

臭《にお》いもすごいの？　了解、ちょっと待ってる！　イーちゃん、スラちゃん2号とちびスラちゃん達が洞窟の中を掃除してくれるってー」

スラちゃん2号とちびスラちゃん達が洞窟の中に入っていくのを見送ると、和也はイーちゃんに向き直った。そして、イーちゃんに背負ってもらっていた袋から食料を取り出す。

「きゃう！　きゃうきゃう」

「きゅ？　きゅい！」

食料を見たイーちゃんの仲間達が、和也のもとに集まりだした。

「それにしても許せない！　皆の毛がボサボサバサバサなんだよ！　もったいない！　食べながらでいいから並んで！　いでよ！　万能グルーミング！」

和也はイーちゃんの仲間達を見て我慢ができなくなり、思わず叫んでしまった。

そして万能グルーミングでブラシ、櫛、霧吹きを作り出し、鞄の中からシャンプーとトリートメントを取り出した。このシャンプーとトリートメントは例によってなぜかスラちゃん達が持っていた物だ。

イーちゃんの仲間達は、和也が突然叫んだので身をすくませたが、イーちゃんから問題ないと教えられ、食料を口にしながら和也のところに並ぶ。

「よし！　最初の君は……うん、まずはブラシを入れてからトリミングをしよう。ほら、すべてを俺に任せるんだよ。そうそう、そんな感じで力を抜いて。いいよー。いい感じだよー。君の名前はウーちゃんだ。イーちゃんの次だからね！」

怪《あや》しいカメラマン風な言い方で「いいよーいいよー」と言いながら霧吹きから水を吹きつけ、壊滅《かいめつ》的なネーミングセンスを発揮する和也。

そして体毛を湿《しめ》らせると櫛を入れて柔らかくしていき、汚《よご》れと毛の絡まりを取る。それから、スラちゃん２号が用意してくれたハサミでカットしていく。

ハサミの金属音にウーちゃんは一瞬首を竦《すく》めたが、万能グルーミングで出した櫛の効果もあって、次第にウットリとした表情になっていく。

「ふはははー。どうじゃ！　俺のテクニックは。素晴らしいじゃろ。あれ？」

あまりの気持ちの良さに、ウーちゃんは和也に身体を預けたまま寝てしまったらしい。

和也は小さくガッツポーズする。

「なんたる至福《しふく》。こんな桃源郷《とうげんきょう》があっていいのだろうか？　いいに決まってるじゃないか！　あっ、静かにしないと。イーちゃん、ウーちゃんをそっちで寝かせてあげて。そして次の方どうぞー」

スヤスヤと気持ちよさそうに眠るウーちゃんをイーちゃんにあずけると、次のエーちゃんと名付けた子を呼ぶのだった。

「よし、これで全員寝たね。そろそろスラちゃん達の作業も終わったんじゃないかな？

あっ！　スラちゃん2号！」

自分の周りで幸せそうに眠るイーちゃんの仲間達を幸せそうに眺めていた和也だったが、スラちゃん達の姿を見て駆け寄った。

「どう？　掃除終わった？」

和也の問いかけにスラちゃん2号は触手を伸ばして完了したことを伝えると、褒めてほしそうに近付いてきた。

和也は万能グルーミングで手袋を作り出すと存分に撫でる。

「よし！　スラちゃん2号とちびスラちゃんをつやつやにしてから洞窟探検《たんけん》と行こうか！」

額の汗を拭いながら、やりきった表情で和也がスラちゃん達と一緒に洞窟に入る。

入り口付近は日の光で内部が見えていたが、しばらく奥に行くと徐々に見えづらくなった。それに気付いたちびスラちゃんの一匹が自ら発光しだした。

「おお。見やすくなった。ありがとう光ちゃん」

光ってるから「光ちゃん」と名付けたちびスラちゃんは、和也が見たいと思う箇所《かしょ》を先読みして照らしていってくれた。

「光ちゃんすごいね！　うぉぉ！　なんか次々とちびスラちゃん達が光り始めた！」

和也が光ちゃんを褒めたので、他のちびスラちゃんも競《きそ》って光りだした。さらに、スラちゃん2号まで張り合うように輝き始めた。

「まぶし！　スラちゃん2号は光が強すぎるかも。もう少し光量を落としてもらえると嬉しいかな」

あまりの眩《まぶ》しさに和也が目を細めながらお願いすると、スラちゃん2号は「あれ？　何かやっちゃいました？」という感じで触手を動かして謝罪《しゃざい》しつつ光量を落とす。

光ちゃんを始めとするちびスラちゃん達と、スラちゃん2号のおかげで明るくなった洞窟を、和也はじっくりと見渡す。

洞窟の中は綺麗さっぱりしており、このまま暮らすこともできそうだった。中の構造は、入ってすぐは大部屋になっており、奥には小部屋が十部屋くらいあった。ざっと見たところ、部屋には色々な道具などが置いてあるようだ。

「部屋の資材は活用させてもらおうかな。剣とか盾とか中二病《ちゅうにびょう》をくすぐるよね。金貨とか銀貨もあるんだ！　ひょっとして近くに文明が発達した町でもあるのかな？　それとも、よくRPGとかで出てくるドラゴンみたいに、お宝を溜め込んでいるだけとか？」

そんな風に呑気《のんき》に言っていたら、小さな樽《たる》に入った大量の貨幣《かへい》を見つけてしまい、和也は真剣に悩《なや》んでしまった。

ひと通り探索を済ますと、犬獣人から話しかけられる。

「え、イーちゃん一族は俺達が拠点にしている広場に来たいって？　だったら願ったり叶ったりだね。さあ、皆でついてくるが良い！　れっつごー」

犬獣人一同は遠吠えすると、部屋にあった樽を二人一組で担《かつ》いで和也についていく。

洞窟を出てさらに進もうとした和也だったが、スラちゃん2号が洞窟の入り口を振り返り、触手で指し示しているのが見えた。

「え？　スラちゃん2号は何をしているの？　またゴブリンが巣《す》くったら駄目だから、入り口を塞《ふさ》ぐって？」

そういえば、洞窟の入り口周辺にあったゴブリン達の痕跡《こんせき》はすべて消されていた。和也がイーちゃん達の相手をしている間に、ちびスラちゃん達が解体してくれたようだ。

スラちゃん2号によって洞窟の入り口が塞がれていくのを見つめながら和也は呟く。

「でもここって良い感じの広さだよね。どこかで使うこともあるかもしれないから、今すぐじゃなくていいけど、拠点とここを道でつなぐのも良いかもね」

和也のアイデアを聞いたスラちゃん2号は、何かを決心したように触手を静かに動かした。

実はこのとき、スラちゃん2号は森の拠点とゴブリンの洞窟をつなぐことを決めたのだが、和也はそんなことになるとは思っていないのだった。

拠点に戻る途中、行きと同じようにクマやイノシシなどの大型動物が襲ってきた。

そんな強敵も一撃必殺で倒すスラちゃん2号のことを、犬獣人達は尊敬に満ち溢れた目で見ていた。ちびスラちゃん達も同じ目で見ている。

「さすがはスラちゃん2号だよね！　犬獣人やちびスラちゃん達の尊敬の眼差《まなざ》しを一身に集めているよ！　俺も当然、頼りにしているよ」

親指を立てて称《たた》えると、スラちゃん2号は触手を出しながら「アッシなんて、和也さんと比べたら大したことないっすよ」と伝えてくる。

「くぅぅぅ！　謙遜《けんそん》までするなんて。やっぱりスラちゃん2号はすごいね。この調子で拠点まで頑張って行こう！　俺も弓矢で援護するからね」

背中から弓矢を取り出して装備すると、和也は力強く宣言するのだった。

❖　❖　❖

「うぅぅぅ。イーちゃん達のほうが俺よりも活躍するとは……俺の強力な弓矢が火を噴くことはなかったよ。まあ火は噴かないけどね」

広場の拠点に戻ってきた和也は、地面に小さく「の」の字を書きながらいじけていた。

拠点へ帰還《きかん》する間、大型の魔物が次々と襲ってきたが、スラちゃん2号と犬獣人達が苦戦することなく倒してくれたのだ。

犬獣人達は素早さに特化した種族であり、武器を持って戦うのが得意だ。そんな強さがある犬獣人達がゴブリン達に使役《しえき》されていたのは、洞窟にいた大型ゴブリンの存在のためである。

「きゃうきゃう！　きゃう、きゅう」

「くーん？　きゃうきゃう」

和也が落ち込んでいる理由が分からないイーちゃん達は、和也にまとわりついたり、頬を舐めたりしだす。

和也は犬獣人達の積極的なスキンシップに頬を緩《ゆる》めると、デレデレしだした。

「いやー。そう？　そんなに俺のことを気にしてくれるの？　なんて良い子達！　いでよ！　万能グルーミング！　もう片《かた》っ端《ぱし》からグルーミングしていっちゃうよ！　ほりゃ！　こうか！　ここが良いのか！」

「きゃう！」

「きゅん、きょう！　きゅうきゅう」

グルーミングを受けた犬獣人達は嬉しそうに鳴きながら、次は自分がしてほしいと和也に群《むら》がっていく。

そんな様子を眺めつつ、スラちゃん1号は「あらあら仲が良いわね」と言わんばかりの感じで、微笑ましそうに触手を動かしていた。

❖ ❖ ❖

一方その頃、スラちゃん2号と3号は精力的に活動をしていた。拠点とゴブリンの洞窟をつなぐための作業を行っているのである。

2号と3号は休憩も取らずに、驚異的《きょういてき》な速度で道を作り上げていた。

「ぐるるるる」

そんな二匹の前に、六匹のオオカミが現れる。

彼らは、スライムを捕食《ほしょく》に来たというより縄張《なわば》り争いに敗れ、新《あら》たな住処《すみか》を求めて来たようであった。

オオカミ達は、自らの強さを誇示《こじ》するため、スラちゃん2号3号に向かって威嚇をしだす。

「ぎゃん！」

「キャイン！　キャイン！」

スラちゃん2号はボス格の個体を見極《みきわ》め、それに近付くと溶解液を放った。

ボス格の個体は一瞬で致命傷《ちめいしょう》を受け、のたうち回る。その光景を見た残りのオオカミ達は逃げようとしたが、スラちゃん3号から麻痺《まひ》毒を含んだ溶解液をかけられてしまう。

遭遇《そうぐう》から一分も経たずにボスが倒され、それ以外も無力化されたオオカミ達。彼らは死を覚悟したが……いつまで経ってもトドメを刺されない。それどころか、麻痺が治まったところで肉の提供まで受けた。縄張り争いに敗れて空腹だった彼らは、目の前の肉に飛びつく。

そしてすべて食べ終わったあと、彼らは今度こそ死を覚悟したが……

やはり危害が加えられないことに安堵《あんど》し、オオカミ達はスラちゃん達に服従《ふくじゅう》を示す意味でその身体を舐めだすのだった。

11．可愛《かわい》いペット（？）達

「え？　何々⁉　どうしたの？　ワンちゃんが五匹もいる。スラちゃん2号と3号が見つけたの？」

オオカミ五匹を連れて現れたスラちゃん2号と3号に、和也が嬉しそうに駆け寄る。

突然ハイテンションで近付いてくる和也に、オオカミ達は尻尾をお尻に隠した状態でスラちゃん3号の後ろに逃げてしまった。

「がーん。なんでー？　俺は怖くないよー。ほら、こっちにおいでよー。いでよ！　万能グルーミング！　綺麗にしてあげるから。ワタシ・ダイジョブヨ・コワクナイネ」

和也は必死に愛想笑《あいそわら》いを浮かべ、ジリジリとオオカミ達に近付いていく。

すると、スラちゃん3号が触手を伸ばしてオオカミ達の背中を軽く押す。それはまるで「大丈夫だよ。私の和也様は怖くないです。素晴らしい方だから怖がらずに、その身を委ねなさい」とのメッセージを伝えているようだった。

スラちゃん3号のおかげでオオカミ五匹は納得がいったのか、逃げることなく和也に近付いていく。その視線は和也の手にあるブラシに集中していた。

「何するか興味があるよね？　いきなり霧吹きをしたらビックリするだろうから、まずは埃《ほこり》とか付いているゴミを取っていこうかな。おお、思ったよりも柔らか！　もっとゴワゴワしているかと思った」

和也はオオカミ達の中で一番大きな個体を選び、手で毛皮を撫でながらブラシを入れていく。

最初は毛が絡まり、小さな痛みに驚いていたオオカミだったが、ブラシが綺麗に通り始めるとウットリとした表情になった。

手応えを感じた和也は霧吹きを取り出すと自らの手にかけ、驚かさないように注意しながらオオカミの身体を濡《ぬ》らしていく。

「わん！　わんわん！」

「おお。喜んでくれたのかい？　それは良かった。わっ！　こら、くすぐったいって！」

頭から尻尾の先まで綺麗にしてもらったオオカミは、大喜びで和也に飛び乗り、顔中を舐め始めた。

その様子を見ていた残りのオオカミ達も、和也が危害を加える者でないと分かったらしく群がり始める。

続いてイーちゃんを含む犬獣人達が、新しい遊びが始まったと勘違いし、和也に次々と飛びかかった。

「何これ！　ちょっ！　わっぷ！　むお、スラちゃん達まで⁉　ちびスラちゃん達はこっち来ちゃ駄目。踏み潰されるよ！」

次々ともふもふ達に群がられ、和也は至福の状態になる。

「ふー。もう死んでも良い。いや、一回死んでるけどね。ところで、どれだけこの拠点にいるんだ？　よく考えたら全然把握《はあく》してなかった。えーと、スラちゃん達は三匹だろ。それとイーちゃんを含めた犬獣人達が十五匹、ワンちゃん達が五匹と……ちびスラちゃん達がなー」

和也はふと思いついて拠点にいる仲間を数え始めたのだが、各所で働いているちびスラちゃん達の数は正直よく分からなかった。

もふもふ達の至福状態から逃れ、和也は歩きながら思案《しあん》する。

「冷凍室のレイちゃんは定期的に入れ替わっているしなー。光ちゃんは二十匹くらいいるのは知ってる。それと、トイレを綺麗にしてくれるトイレンちゃんに、洗濯《せんたく》をしてくれるドラムちゃん。あっ、最近は水を出してくれるスイドーちゃんもいるよね。それ以外はどうしようかな？　号令をかけてみる？　おーい。ちびスラちゃんー！　おいでー」

和也が大声で叫ぶと、そこら中からちびスラちゃんが湧いてきた。

木の上から下りてくる子や、地面の中から出てくる子もいる。ちびスラちゃん達はそれぞれの得意分野に分かれつつ、ローテーションを組んで活動しているので、一体どこで何をしているのか掴みようがなかった。

「おおうぅぅ。いっぱいすぎて数えられない……よし、おーいみんなー。一列に並んでくれー。小さく前にならえで十匹ごとに列を分けてねー」

和也の号令を聞いたちびスラちゃん達は、触手を伸ばしながら等間隔《とうかんかく》に並び始めた。一糸《いっし》乱《みだ》れぬ動きで触手を使って綺麗に並ぶと、そのまま停止して和也が数えやすいようにしてくれた。

ちびスラちゃん達の協力で、十列十行の正方形が出来上がった。つまり、ちびスラちゃん達の数は百匹であるようだ。

和也は満足げに頷くと、万能グルーミングを装着して一匹ずつ丁寧に磨き上げていく。最後の百匹目を磨き終えたときには、辺り一面はつやつやなちびスラちゃん達で溢れ返っていた。

「うん。最高だね！　気付いたらちびスラちゃん達は増えてるから、定期的に調べとかないと駄目だな。ありがとー。それぞれの持ち場に帰ってくれて良いよー。休憩中だった子もありがとうー」

和也の声を聞いたちびスラちゃん達は小さな触手を振って、「こっちこそありがとうございました！」と言わんばかりの動きで、そのまま持ち場や休憩に戻っていった。

12．拠点《きょてん》の拡張

和也がオオカミ達と出会って一ヶ月が経った。

その間に拠点《きょてん》はさらに拡充《かくじゅう》され、ゴブリンの洞窟と拠点との道も開通した。今では歩いて三十分ほどで洞窟まで行けるようになっている。

そのゴブリンの洞窟は犬獣人達の住処として利用されており、彼らはそこを狩り場の拠点として定期的に周囲を探索しているようだ。

そんな洞窟からやってきた犬獣人が尻尾を振りながら、和也の前に獲物を積み上げていく。

「おお！　お肉が届いたー。それにしても自分達で食べたらいいのに。え？　俺に褒めてほしいから渡すんだって？　なんて嬉しい台詞を。仕方ないなー。いでよ！　万能グルーミング！　よしよし！　ご褒美に存分にモフってやんよ。つやつやにしてやんよ！」

犬獣人をぴかぴかにお手入れしてあげると、それを見ていた他のグループもやる気が満ち溢れたようだ。

和也に褒めてもらうために、次々と獲物を差し出し始める。

結果、山のように積み上げられた獲物に和也が困惑していると、スラちゃん1号が近付いてきてその獲物の解体をしだした。

「どうしたの？　スラちゃん1号。急に解体を始めて？　え？　火をおこせって？　そこは俺がするの？」

そう言うと和也は魔石《ませき》を取り出す。魔石というのは魔物の身体に入っている不思議な石のことで、和也はその魔石を使って火をおこせるということを最近発見した。

さっそく和也がその魔石で火をおこすと、スラちゃん1号は抱《かか》えるほど大きな円形の筒《つつ》を取り出して火に近付く。そして火の上に置くと、火に木片《もくへん》をくべた。

「え？　何？　この網みたいなところに肉を置くの？　え？　しばらくこのままにしろって？」

和也が首を傾げていると、円形の筒から煙が出始めた。煙が肉を炙《あぶ》っているようで、肉の脂が下に落ちていく。

「ひょっとして薫製《くんせい》を作ってるの？」

和也の呟きにスラちゃん1号は「その通りですよ。美味しい薫製をたくさん作って日持ちさせましょうね」と言うように触手を動かす。

その様子を見ていた他のスラちゃん達も次々と薫製を作りだした。あっという間に大量の燻製が出来上がる。

「大量の肉が全部薫製になったねー。これで日持ちするの？　地下室に特別室を作ったら大丈夫だって？」

和也の疑問に、スラちゃん1号が身振り手振りで答えた。それから、次々と出来上がった薫製をちびスラちゃん達が運んでいく。あとをついていってみると、地下には冷蔵・冷凍ゾーンとは別に、燻製保管ゾーンが作られていた。

「ここは冷蔵とは違うんだ。あれ、なんか薫製が綺麗にパッキングされてる？」

和也が薫製の一つを手に取ると、スーパー等で見かけるような感じで綺麗にパッケージされ、個包装になっていた。

「これは売り物になるレベルだ！　買ってくれる人はいないけどね。あれ？　物々《ぶつぶつ》交換したい？　イーちゃん達は欲しいの？」

ふと気付くと、イーちゃんを始めとする犬獣人達が行列を作っていた。その手には魔石が握られており、どうやら燻製肉と交換したいらしい。

持っている魔石の量に合わせて、スラちゃん3号が薫製を手渡していく。

「魔石を貨幣代わりに使っているのかな？　俺も買ったほうがいい？」

和也がそう問いかけると、スラちゃん1号が触手を動かして和也に大量の魔石を渡してくる。スラちゃん1号は「これは和也さんが持ってて。拠点で頑張っている子にあげてほしいの」と言っているようであった。

「つまり、洞窟にいる犬獣人達は魔石を得る術《すべ》があるけど、拠点にいる子達は魔石を得られないから、俺がお小遣《こづか》いを渡す感じだね」

和也は頷いて魔石を受け取る。そのやりとりを見ていた犬獣人の一人が、和也に革袋を手渡してきた。財布代わりに使ってほしいらしい。

「きゃう！　きゃううう」

和也がさっそく革袋に魔石を入れると、犬獣人の子は嬉しそうに声を上げた。和也は万能グルーミングで毛取りブラシを取り出すと、その子のお手入れをしてあげた。

犬獣人はとろけるような目になりながら、和也に全身を委ねていた。

「ありがとうね。こういった感じの生活必需品《ひつじゅひん》を作ってくれるのは本当に嬉しいよ。また何か作ったら教えてくれるかな？」

「きゃう！　きゃうきゃう」

つやつやになった犬獣人が元気よく返事をして仲間のもとに走っていく。そして、身振り手振りで和也の言葉を仲間達に伝えてくれたようだ。

続いてちびスラちゃん達が「ひょっとして、僕達も頑張って何か作ったらご褒美がもらえるのですか？」と言いたげにアピールしてくる。

「じゃあ、一週間後に物作りのコンテストでもする？　その中で優秀《ゆうしゅう》だった子には、俺が一日一緒にいて存分にグルーミングをしてあげるよ。それぞれで得意分野も違うと思うから、種族ごとにコンテストをしよう。どう？」

和也の提案に、ちびスラちゃん達、犬獣人達は嬉しそうに賛成するのだった。

13. なんのコンテストだっけ？

「きゃう！　きゃうきゃう」

「わおーん！　わんわん！」

「……」

拠点の広場にできたステージの上に和也が立つと、盛大《せいだい》な歓声が上がる。

犬獣人やオオカミ達は遠吠えをし、スラちゃんやちびスラちゃん達は触手を派手に動かしていた。和也は周囲を見回して告げる。

「よーし、コンテストを始めるよー。じゃあ、まずは犬獣人グループから。みんな、何を作ってきたの？」

和也の言葉に、犬獣人達が作品を公開していく。

先日、和也に革袋を渡した子は鞄と水筒を作ってきていた。別の子はマントや鎧《よろい》を作成したようだ。その他には、木で机と椅子を作り上げた者、中には和也そっくりの人形を作った子までいた。

「おお、これは俺？　上手くできてるねー。え？　こっちは俺専用の椅子？　ものすごく豪華《ごうか》じゃん！　ありがとう。どうしようかな？　とりあえず結果を言うのは保留して、ちびスラちゃん達の作品を先に見ようかな」

続いて和也は、ちびスラちゃん達の作品を眺める。

溶解液を硬化させて作ったガラス製品のような作品が多かった。無色透明《むしょくとうめい》なグラスもあれば、彩《いろど》り豊かなコップもある。大きさの違う皿や花瓶《かびん》もあった。ちびスラちゃん達が作った物の中にも、和也を模《も》した作品があった。

「こっちにも俺がいるー。嬉しいね。ちょっと恥《は》ずかしいけど。こっちも甲乙《こうおつ》つけがたいなー。スラちゃん達は何か作った？」

続いてスラちゃん達に問いかけると、「この舞台が俺達の作品っす！」と三匹同時に触手を動かした。確かにこの舞台は、今回のイベントだけにしてはもったいないほどしっかり作られていた。

「そうだよね。よく考えたら、こんな大型の建物を三匹で建《た》てたんだよね。え？　どうしたの？　三匹じゃないって？」

和也が感心したように建物を見上げてそう呟くと、「それは違うの」という感じでスラちゃん1号が近寄ってくる。スラちゃん1号の背後には新しいスラちゃんがおり、モジモジと恥ずかしそうにしていた。

「ん？　ひょっとして君が新しいスラちゃん？　そっか！　4号だね。よろしく」

和也が挨拶しても、スラちゃん4号は1号の背後からなかなか出てこない。

2号と3号が4号に近付くと、4号の背後を押すように触手を伸ばす。「ほら、和也様にちゃんと挨拶をしないと」「大丈夫っすよ。恥ずかしくないっすから」との感じで触手を動かしていた。

あと押しされた4号が、おずおずと和也の前にやってくる。

恥ずかしそうにしているスラちゃん4号を見て和也は微笑むと、万能グルーミングで手袋を生み出して言う。

「初めまして。スラちゃん4号は建築が得意なの？　これから色々と作ってもらうと思うけどよろしくね。撫でてもいいかな？」

スラちゃん4号が頷くような動きをすると、和也はスラちゃん4号の全身を優しく撫でていった。伸ばしてきた触手まで綺麗にすると、最後は両手で掴んで持ち上げ、周囲に集まっていたみんなに声をかける。

「みんな！　もう知っている子もいるだろうけど、新しく仲間になったスラちゃん4号だよ。この舞台を作ってくれたのも彼とスラちゃん達なんだ！」

スラちゃん4号がオスメスのどちらかは分からないが、和也の中ではオスと決めたようで、「彼」といって紹介した。

そして、今回のコンテスト（？）の結果を告げる。

「今日の舞台を作ってくれたスラちゃん達が一番だ。でも、勘違いしないでね。他の皆が作った作品も素晴らしいから。種族ごとに優秀者を決める予定だったけど、みんな良かったからそういうのもナシ。これからも拠点と洞窟を素晴らしい場所にしていこう！　みんなも手伝ってくれるよね！」

和也の宣言に、犬獣人達とオオカミ達は遠吠えで応え、スラちゃん達は触手を縦横無尽に動かした。ちびスラちゃん達はその周りで飛び跳ねて賛同を示していた。

❖　❖　❖

「気のせいか、俺の像が増えてない？　それと、犬獣人ちゃん達が首から下げてるのも俺だよね？　ものすごく可愛い感じにされているけど」

　コンテストの一週間後、和也は拠点のあちらこちらに自身の像が乱立《らんりつ》していることに気付いた。

　どうやら和也像が大流行しているらしい。様々なサイズが作られており、身につけるタイプから設置タイプまで色々あるようだ。

　作者であるらしいスラちゃん4号のもとを訪ねると、作りかけの像が数十体置いてあった。さすがに恥ずかしくなった和也は作成禁止令及《およ》び撤去《てっきょ》命令を出したが……住民達の熱い要望で一体だけは建てさせてほしいと懇願《こんがん》されてしまうのだった。

　仕方なく許可は出したが、その一体を見て和也は仰天《ぎょうてん》する。

「で、でかいね……」

　それは、大きさにして五メートルほどあった。

　かなり凜々《りり》しく作られており、自分でも「誰だよ！」とツッコみたくなるほど超絶《ちょうぜつ》イケメンで筋骨隆々《きんこつりゅうりゅう》である。

　そして、スラちゃん4号が犬獣人達のために作った家の中には、和也像が一軒《いっけん》ごとにまつられていた。和也は話が違うと思ったが、屋内《おくない》には「作成禁止令及び撤去命令」は適用されないらしい。和也が撤去をお願いしても、頑《がん》として受け入れられなかった。

　しかし巨大な像はやはり恥ずかしい。そう思って和也はスラちゃん4号に頼み込む。

「ねえ。家の中は我慢するから、この大きな像は倒れたら大変だよね？　大惨事《だいさんじ》だよね？　だから撤去しよ？　え、倒れないように頑丈《がんじょう》に作ったの？　土台部分から棒が地面に伸びてて台風が来ても倒れないの？　そ、そうなんだ……」

スラちゃん4号が太鼓判《たいこばん》を押す。

そして、あの手この手で危険性を訴える和也だったが、すべての問題点はスラちゃん達によって解消されていき、大震災が来ても倒壊《とうかい》しない完璧な像が出来上がってしまうのだった。

14. 新たな動き

和也の巨像《きょぞう》が出来上がってから一ヶ月が経った。

異世界に来てから数ヶ月が経っているはずだが、和也と人間との交流はない。和也が出会ったのは、スラちゃん四匹、ちびスラちゃん達百二十匹、犬獣人十五匹、オオカミ五匹である。加えて大型動物、小型動物、ゴブリン等の魔物にも遭遇しているがその程度である。

この期間に拠点はかなり拡張された。

犬獣人達の宿舎、地下室、作業小屋、そして巨像までできた。元々ゴブリン達が拠点にしていた洞窟は、狩りの中継基地《ちゅうけいきち》として活用されている。

拠点と洞窟をつなぐ道の拡張工事も進められ、幅《はば》五メートルほどになった。

和也の希望によって人が住んでいそうな場所がないか、といった探索も行われているが……こちらは特に成果はなかった。

「うーん。本当に人と会わないなー。別にスラちゃん達がいるからいいけどさ……それにしても大きな像だよね。やっぱり大きすぎないかな。ほら、台座も狭く感じるでしょ。棒が伸びているとはいえ危険じゃないかな？　それにイケメンすぎるし、筋肉マシマシだし」

和也は巨像を眺めてため息を吐く。その巨像は、何度見ても見慣れることはなかった。

スラちゃん４号は和也の意見を真剣に聞き、「なるほど、台座を大きくすればいいのですね。勉強になります。すぐに取りかかります」と言わんばかりにさっそく行動に移し、巨像の土台の拡張を始めた。

「え？　い、いや。そうじゃなくてね？」

ものすごい勢いで土台が立派になっていく。呆然としたままの和也をよそに、三十分もしないうちに立派な台座が完成してしまった。

「……うん。すごいね。さすがはスラちゃん４号だよ。褒めてほしいんだよね？　いでよ！　万能グルーミング！」

和也は、触手を嬉しそうに振るスラちゃん4号に近付く。

万能グルーミングで出したのは、手袋と左官用のコテらしき物である。和也はその二つを駆使《くし》して、スラちゃん4号をピカピカにしてあげた。

「ちょっと、いつもと違う感じにしてみたよ！　ヘアスタイルを変えた感じかな？　気に入ってくれた？」

スラちゃん4号は、ブロックのような四角形になっていた。

最初は戸惑っていたスラちゃん4号だったが、すぐに大喜びで礼を伝え、他のスラちゃん達に見せびらかしに行った。

❖　❖　❖

突然のイーちゃんの訪問に和也は驚いていた。

最近イーちゃんは洞窟側の責任者として働いており、和也のもとを訪ねてくるのは一週間に一回となっていたからである。

「あれ？　どうしたの？　昨日会ったばかりだよ？　俺に会いたくて来てくれたの？　それは嬉しいね。いでよ！　万能グルーミング！」

和也は万能グルーミングで出したブラシを両手に装着すると、イーちゃんを丁寧にブラッシングしていく。恍惚《こうこつ》とした表情でそれを受け入れていたイーちゃんだったが、自分がなぜここにいるのかを思い出し、慌てて和也の腕を取った。

「どうしたの、そんな焦《あせ》った顔して。え、ゴブリンの集落を見つけたの？　それは大変だ！」

和也はすぐにスラちゃん1号を呼ぶと相談を始めた。スラちゃん1号は、和也とイーちゃんから話を聞き、触手を動かして少し考え込む。そして「あらあら仕方ないわね。じゃあ、早めに駆除《くじょ》しましょうか。私と2号がメインで行きますよ」といった感じで触手を動かした。

それから十分ほどで、スラちゃん2号、ちびスラちゃん達五十匹、犬獣人達五匹、オオカミは三匹が集合した。

「え？　出発の挨拶？　えっと、無事に帰ってきてね。怪我したり、ましてや死んだりしちゃ駄目だよ。無事に帰ってきたらグルーミングをしっかりとしてあげるからね！」

和也の激励《げきれい》に、犬獣人とオオカミ達は吠え声を上げた。ちびスラちゃん達は、飛び跳ねながら気合いを入れる。スラちゃん1号・2号は悠然《ゆうぜん》とした態度で触手を動かし、出発の合図をした。

和也は、みんなの無事を創造神のエイネに祈るのだった。

その後、数日でゴブリンの集落に着いたスラちゃん1号達一行は、そこで部隊を二つに分けた。

❖　❖　❖

スラちゃん1号は部隊の一つを引き連れて集落へ向かう。

「ぎゃ？　ぎゃぎゃぎゃ！」

「みゃう！　みゃぁぁぁ」

川沿いにあるその場所では、猫獣人達が一所懸命に魚を捕まえていた。

流れの速い川だったが、猫獣人達は網を使わせてもらえないのか、素手《すで》で捕まえている。

当然ながら成果を上げられるわけもなく、ゴブリン達は猫獣人達を殴っていた。むしろ殴りつけるのを娯楽《ごらく》としているようだった。

物陰《ものかげ》から観察しながら、スラちゃん1号は触手を動かして指示を出す。

犬獣人達は小さく頷いて配置に就《つ》き、ちびスラちゃん達は近くの木に登った。ちびスラちゃん達が触手を動かして準備が整ったことを伝える。

すべての準備ができたことを確認したスラちゃん1号が触手を動かす。

それはまるで「猫獣人達の救出作戦を発動する。これより一片の慈悲《じひ》も与えず敵を殲滅《せんめつ》せよ。また、怪我をすることは許されない。傷一つ付けられることなく作戦を完遂《かんすい》させよ」と、言わんばかりの動きだった。

こうして、ゴブリン達にとっての最悪の日が始まった。

ゴブリン達はいつものように猫獣人達を川に突き落として楽しんでいたが……突然、矢の攻撃を受ける。慌てて武器を取ろうとするも、矢は雨のように降ってきて反撃もままならない。

「ぎゃぎゃぎゃぎゃ！」

「ぎゃう！　ぎゃう。ぎゃー」

矢が来るほうに突撃する者、倒れている仲間につまずいて転ぶ者、転んで別の仲間に踏み潰される者、粗末《そまつ》な小屋に逃げ込む者、ゴブリン達は混乱の極《きわみ》に達していた。

なんとか森の中に逃げ込んだゴブリンもいたが、木の上から溶解液をかけられ、大ダメージを受ける。

「ぎゃぎゃ！　がぁぁ」

激痛に転がっていると、木の上からちびスラちゃん達が次々と飛び下りてくる。ちびスラちゃん達は、それぞれ発現した属性で攻撃をした。

火や冷気をぶつけられて大怪我を負《お》ったゴブリン達は虫の息になっている。そこへ、スラちゃん1号がトドメを刺していく。

各所で悲鳴や怒号《どごう》が響き渡る中――ついに大型のゴブリンが現れる。

大型のゴブリンは粗末ながらも剣と鎧を装備しており、群れを率《ひき》いている者としての風格があった。

「ぎゃおぉぉぉぉ！」

大型のゴブリンは大きく吠えると、スラちゃん1号に襲いかかる。

スラちゃん1号は振り下ろされる斬撃《ざんげき》を触手でいなし、そのまま剣を搦《から》め捕《と》った。そして盾に向かって溶解液を吐き出す。

「ぐぎゃ！」

溶解液を受け、盾は一瞬で白い煙を吹き上げてボロボロになってしまった。大型のゴブリンは盾を投げ捨てると、スラちゃん1号に近付く。

スラちゃん1号が、大型のゴブリンの顔に向かって溶解液を吹きつける。霧状の攻撃を受け、大型のゴブリンは顔中をただれさせながら転がり回った。

スラちゃん1号は、地面でのたうつ大型のゴブリンに近付くと、触手を剣のように硬化させて無慈悲に振り下ろした。

大型のゴブリンが倒されたことで、ゴブリン達が逃げだしていく。しかし、その逃走ルートには、スラちゃん2号が率いる別の部隊が待ち構えていた。逃げてきたゴブリン達は状況を理解できないまま矢で射《い》られ、オオカミに襲われ、溶解液をかけられ、絶命《ぜつめい》していった。

　スラちゃん1号と2号は合流すると、触手を合わせて戦闘の終結を伝えた。倒したゴブリン達を消化し戦利品をまとめながら、スラちゃん1号が猫獣人達に近付く。

「しゃー！」

「にゃー」

「にゃう。みゃぁぁぁ」

「にーにー」

　威嚇してくる猫獣人のリーダーを、スラちゃん1号は、触手で毛繕《けづくろ》いをして安心させる。そして、「大変でしたね。もう大丈夫ですよ。あとは私達の拠点に行きましょう。和也様がお待ちですから。ほら、いらっしゃい」といった内容を動きだけで巧妙《こうみょう》に伝えた。

　猫獣人のリーダーの敵意が弱まると、周りの猫獣人達も安堵した表情になる。それからしばらくして、彼らはちびスラちゃん達が用意した肉などを受け取って美味しそうに頬張った。猫獣人達はそれで緊張《きんちょう》の糸が切れてしまったのか、皆身を寄せ合って寝入《ねい》ってしまった。

　和也がいれば大興奮しながら飛びかかっていただろうが、この場には冷静な者達しかいない。スラちゃん達は猫獣人達をゆっくりと休ますために交代で見張りを始めた。

　その間に戦利品の仕分けが行われ、貴金属と武器などがまとめられた。そして先陣《せんじん》としてちびスラちゃん達とオオカミが荷物を持って拠点に戻っていった。

「ふにゃぁぁぁ。にゃ？」

大きく伸びをして、久しぶりの睡眠《すいみん》を満喫した猫獣人の一人が目を覚ました。そして周囲を見渡して現状を思い出す。慌てて隣で寝ている仲間を叩く。

「にゃ！　にゃう！　にゃにゃにゃ！」

「にゃあああ」

寝ているのを起こされ、仲間の猫獣人は面倒くさそうにしている。起こしたほうの子は、なおもポカポカと叩きながら指さす。

指先を見ると、ゴブリンが住んでいた小屋は跡形《あとかた》もなくなっており、周囲は単なる広場になっていた。

「にゃ？　にゃにゃにゃ！」

驚いた二人は、幸せそうに寝ている残りの仲間達を叩き起こしていくのだった。

❖　❖　❖

スラちゃん1号達が討伐《とうばつ》に出てから一晩経った。

家で待っていた和也は寝られず目の下に隈《くま》を作っており、ショボショボした目でスラちゃん達がいるであろう方向を眺めていた。

「遅いなー。ねえ、連絡は取れないの？」

近くにいたスラちゃん3号に問いかけたが、スラちゃん3号は申し訳なさそうな触手の動きで謝罪してくる。

「いいんだよ。ごめんね。無理を言って」

和也はスラちゃん3号の頬を撫でると視線を戻す。四角形になったままのスラちゃん4号が恐る恐る、飲み物と食事を運んできた。

「ん？　ああ、食事も取ってなかったね。いつもの狩猟と違ってゴブリンとの戦いだからさ。どうしても心配になるんだよね。誰も怪我していないといいのだけど」

ふと我に返って周囲を見ると、自分を心配そうに見ている視線が複数あることに気付く。ちびスラちゃん達、犬獣人達、オオカミ達、みんなから心配されていると分かった和也は、ぎこちなく微笑むと、スラちゃん4号からお盆を受け取って食べ始めた。

「温かいねー。美味しいよ。ありがとうスラちゃん4号。こっちのパンはちびスラちゃんが焼いてくれたの？　え？　このスープの中に入っているのは初めて狩ってきた肉なの？　みんな、ありがとう」

無理に胃に流し込むように食べていた和也だったが、この食事には皆が苦労して狩猟や栽培《さいばい》をしてくれた食材が使われていることを感じ取る。暗い気分になっている場合ではないと思い、和也は食事を続ける。

「そうだ。皆で食べようよ！　俺一人で食べても味気《あじけ》ないしね。そうだ、スラちゃん1号達の分も用意してよ。帰ってきたときにお腹を減らしていたら可哀想だもんね」

和也はスープを飲みながら、スラちゃん4号に依頼をする。スラちゃん4号はそんな和也の心情を理解したのか、触手を上げて了解だと伝えて厨房《ちゅうぼう》に戻った。

「うーん。みんなに心配かけないようにしないとな。よし！　全員をグルーミングしていこう。いでよ！　万能グルーミング！　並ぶのだー。皆の者、順序よく並ぶのだ。これから一人ずつ綺麗にしていくよー」

食事を終えた和也は万能グルーミングで手袋を生み出し一匹ずつ撫でていく。和也はいつもよりも念入りに、みんなを手入れしていった。

そして最後のちびスラちゃんを綺麗にした瞬間、拠点に歓声が湧き起こる。

「あっ！　スラちゃん1号！　無事に帰ってきたの？　怪我ない？　お腹すいてない？」

和也は勢いよく立ち上がると、帰ってきたスラちゃん1号に駆け寄った。万能グルーミングを出した状態のままだったので、そのままスラちゃん1号の身体を綺麗にしていく。

「ちょっ！　ちょっと待って！　急にそんな。嬉しいけど！　先に報告をさせてください」と言わんばかりに触手を動かすスラちゃん1号。

周りは、そんな二人を見て微笑ましそうにするのだった。

「みんなも無事で良かったよ」

スラちゃん1号を抱きかかえたまま、和也は全員が無事帰ってきたことを喜ぶ。そして、スラちゃん1号を頭の上に乗せ、全員をお手入れしていく。そこで、見たことのないもふもふがいるのに気付く。

「あれ？　新しいお友達だよね？　イーちゃんと姿が少し違うようだけど？」

「きゃうきゃう！　きゃう！」

身振り手振りで説明するイーちゃんを見て和也は頷くと、ゆっくりとした足取りで猫獣人達に近付いた。

そして、一族を取りまとめているリーダーらしき猫獣人と対面し、万能グルーミングで出したソフトブラシでその毛並みを梳かしてあげる。

「みゃー。みゃうううう。にゃー」

「おお、猫の獣人なんだねー。いいよー。可愛いよー。そうだ、名前を付けないとね。猫型の獣人だから、ネーちゃんにしよう。なんせ猫だからね」

「にゃん!?　ネーちゃん？　にゃあ、にゃあ！」

和也のグルーミングテクニックを受けて、リーダー格の猫獣人はとろけるような表情を浮かべていた。適当な名前を付けられて驚いていたが、結局喜んでくれたようだった。

ネーちゃんは和也に抱きついて顔を舐める。

「おお！　イーちゃんと同じように親愛の表現だよね？　嬉しいよ！　ネーちゃんがリーダーだよね？　これから一緒に住む和也だよ。まずはご飯をいっぱい食べようね。それからスラちゃん４号が住むところを案内してくれるよ」

和也の言葉に猫獣人達は歓声を上げ、一斉に群がる。次々と親愛の表現をしてくる猫獣人に囲まれ、和也は感激していた。お返しに和也も万能グルーミングのブラシをかけてやり、猫獣人達を綺麗にしていった。

「ふー。幸せな時間だった。それと、救出メンバーと護衛をしてくれた子達もありがとう。しかしどんどんと賑《にぎ》やかになっていくね。そうだ！　これだけ人数が増えてきたんだし、パーティーをしようよ！」

和也がそう言うと、スラちゃん１号は触手を動かして関係各所に連絡し、さっそくパーティーが開催《かいさい》されるのだった。

15. 目立ちすぎた巨像《きょぞう》

「最近、パーティーばっかりしてる気がするなー」

和也はだらだらしつつ、お腹を撫でる。

猫獣人達が仲間になってから、すでに半年が過ぎた。仲間達は大人数になっており、村レベルまで人数が増えていた。

和也の拠点は、犬獣人が捕まっていた洞窟と猫獣人が酷使されていた川辺まで広がり、街道といっても良いレベルの道が舗装《ほそう》され、そこを和也考案の大八車《だいはちぐるま》が行き来していた。

「ねえ、今ってどれくらいの人数になってるか把握できてる？」

和也の質問に、スラちゃん１号が触手を動かす。その動きで人数を表現しているらしく、和也はそれを読み取った。

「そっか、スラちゃんは８号まで増えていたか。ちびスラちゃんは各拠点にいるから百匹以上。犬獣人はイーちゃんを族長に三十、猫獣人はネーちゃんを族長として二十か。オオカミさんは二十一匹なの？　あれ、前は五匹じゃ？　え、他の群れを吸収して、それに子供も生まれてるの⁉」

最初に仲間になったオオカミは五匹だったはずだが、知らない間に繁殖《はんしょく》し、最近ではかなりの範囲を縄張りとしているようだ。

「じゃあ、犬小屋も小さくなってるよね？」

そんな和也の呟きに、スラちゃん１号は「気付いてなかった……」と申し訳なさそうに触手を動かす。そしてすぐに６号を呼び出すと、「和也様がオオカミ達の小屋を拡張するように希望されています。すぐに各拠点の責任者に確認して対応するように」と動きだけで指示を出した。

「もうすぐ一年になるけど、本当に人間や言葉をしゃべる種族と会わないなー。いや、スラちゃん達が何を言っているかは分かるから、寂しくはないけどね」

慰めるように触手を伸ばしてきたスラちゃん1号に、和也は微笑みを向ける。そして万能グルーミングで手袋を出すと、スラちゃん1号の表面を磨いてあげた。

そんな平和なやりとりが、和也の巨像の下でなされているのだった。

❖　❖　❖

「無《む》の森《もり》の最深部《さいしんぶ》に、妙な像があるらしい」

そんな不思議な噂《うわさ》が立ち始めたのは、半年ほど前だった。

無の森とは、太古《たいこ》に魔王と勇者が一騎打ちを行ったせいで一面が更地《さらち》となり、そのあとに森が出来上がったという由来を持つ。

森の中は複雑な生態系になっており、浅い部分に強力な魔物がいたり、動物すら存在しない場所があったりするなど、とにかく不思議な状態であった。

森を挟んで人間領と魔族領に分かれているが、人間側も魔族側もそんな無の森を恐れ、無理をして森の開発をするようなことはしなかった。そんなこんなで、長年放置を続けていたのである。

……だが、その流れは変わろうとしている。

「その像とはどのような物なのだ？」

魔王城にある執務室《しつむしつ》で、妙な像の報告を受けた人物は困惑していた。報告しているのはローブをまとった女性で、こちらも困ったような表情をしている。

「偵察《ていさつ》に出たワイバーン騎竜部隊の話ですと、人間の男性をかたどった巨像のようで、かなりの偉丈夫《いじょうふ》で美形とのことでした。その周りには集落があり、多くの人数が居住しているようです。いかがいたしましょうか？　魔王様」

魔王と呼ばれた女性は顎《あご》に手を当てて考え込む。しばらく沈黙《ちんもく》が執務室を包んだが、魔王は顔を上げ、苦笑しながら告げる。

「……とりあえず放置だな。人間が無の森に進行したと判断するには早計《そうけい》であろう。ともかくその巨像は、英雄や勇者をかたどった物ではないのだろ？」

「はっ！　そのように聞いております」

どこか納得していなさそうな報告者の顔を見て、魔王は責めるように尋ねる。

「不満か？」

「いえ！　魔王様のお考えに我が口を挟むなど」

「その割には何か言いたげな顔をしておる。四天王《してんのう》の筆頭《ひっとう》としては今すぐにでも調べ、状況を把握したいのか？　フェイよ？」

「お戯《たわむ》れを。それと……今は執務中です。名前で呼ぶのはお控《ひか》えください」

「相変わらず堅物《かたぶつ》よの」

　そう言って魔王は笑うと、報告者であるフェイに命じる。

「まあ、軽く偵察くらいは出しておこう。だが、くれぐれも刺激をせんようにな。何が元で戦争に発展するか分からんから」

「御意《ぎょい》！　では、私自ら赴き……」

「いやいや。その必要はない。別の誰かに行かせよ。というか、フェイは彼氏に振られて無茶しそうじゃん。ダメだよ」

「ちょっと！　マリエール！　今、その話は関係ないでしょ！　それに振られたわけじゃないからね！　あいつが浮気《うわき》したから、こっちが振ってやったんでしょうが！」

　フェイが額に青筋《あおすじ》を立てて怒りを露《あら》わにする。どうやら彼女は魔王を「マリエール」と呼び捨てにしていることに気付いていないらしい。

　ともかくマリエールは、フェイではない慎重《しんちょう》な者に調査をさせるように命じると――フェイのご機嫌取りにスイーツを取り寄せるのだった。

「……では、頼みましたよ」

「四天王筆頭のご命令ならば！」

先ほどとは打って変わって生真面目《きまじめ》な顔でフェイが対面しているのは、土竜《もぐら》と呼ばれる種族の長《おさ》であった。

普段は土の中で生活をしており、他の種族からは臆病者《おくびょうもの》と蔑《さげす》まれていたが、土の中を住処としている彼らは隠密《おんみつ》行動に適し、土を掘る爪は凶器であった。

フェイは淡々《たんたん》と命令する。

「くれぐれも隠密に徹《てっ》するように。それと、この調査については他言無用《たごんむよう》です。魔王様直々《じきじき》の命でもありますゆえ」

「それほどまでですか。かしこまりました。土竜一族の長である私に赴かせてください。吉報《きっぽう》をお持ちいたしましょう」

土竜の長が返事と同時に土に潜ったのを確認したフェイは小さく頷くと、自らの執務室に戻るのだった。

16．隠密《おんみつ》部隊の壊滅《かいめつ》？

「どうなっておる？　なぜ、誰一匹戻らん？」

土竜の長であるグラモは戸惑っていた。

四天王筆頭であるフェイからの依頼というだけでなく、魔王マリエールの命でもあると部下には伝えていた。他言無用とのことだったが、仕事内容を伝えないと状況判断が難しいと考え、信頼できる精鋭《せいえい》部隊には知らせておいたのだが……

「せめて、生死が分からんことには手の打ちようがないわい」

グラモが先遣隊《せんけんたい》として偵察に出したのは五匹だったが、その誰もが定時連絡の時間になっても戻っていなかった。それどころか、次いでその調査のために派遣した二匹さえも戻ってこなくなってしまった。

「やはり、かなり危険な任務だったのだな。油断せず、念入りに準備し、驕《おご》りも戒《いまし》めたにもかかわらず、この状況か」

グラモは信頼する部下達に、一族の名誉であるので失敗は許されないと伝えていた。いつもよりも綿密《めんみつ》に打ち合わせをし、特に連絡と撤退《てったい》の判断については重点的に話を詰めてあった。

誰もが隠密として長年働いてきた仲間であり戦友であった。四天王筆頭からの命令と伝えたときには、皆、重要任務を任されたと涙を流して喜び、ともに成功を誓《ちか》い合ったはずなのに。

「あやつらが任務に失敗するはずはない。だが、連絡がないとなると、失敗したと判断せざるをえん。いいか。今から儂《わし》も行く。儂からの定時連絡が二回なければ死んだと判断しろ。そして筆頭様へ『危険だから要注意』と報告しろ。良いな」

「はっ！」

グラモは勉強のためにと連れてきた息子にそう伝えた。そして小さく頷くと、目的地に向かって掘られている穴へ潜り込んだ。

「特に問題はないように見えるが……」

グラモは部下達が掘った穴を慎重に進みながら呟く。

穴はいつもと同じように進みやすく、また撤退の際には崩して逃げやすいように掘られており、完璧な出来映えだった。

警戒度をマックスに引き上げ、音さえ立てずゆっくりと進んでいく。

突然、グラモは転げるように何かを回避した。

「なっ！　どこから！」

　振り返ると、今までグラモが立っていた場所一帯が水浸《みずびた》しになっていた。慌てて見上げると、スライムが張りついている。スライムはさらに、グラモに向かって溶解液を飛ばそうとしていた。

「なめるな！」

　華麗《かれい》なバックステップで溶解液を避けたグラモは、穴の一部を叩いて崩壊《ほうかい》させ、そのまま奥に向かって走った。

　自分の存在はすでに把握され、仲間はいない。グラモは焦りそうになる自分を叱咤《しった》しながら、なんとか冷静になろうと努《つと》めた。

　何かあったら撤退すると決めていたが……今来た道を戻るか、新たな穴を作って逃げるかで一瞬悩んでしまう。

　その迷いが明暗《めいあん》を分ける。

「くっ！　な、なんだと！」

　まだ奥に進めると判断してグラモは穴の中を走り続けていたが、唐突《とうとつ》に硬い柱のような物があり、行き止まりにぶつかってしまう。

　かなり頑丈な柱らしく、全力で攻撃しても傷一つ付かない。逆に爪が折れそうになってしまった。

「仕方あるまい。こうなっては新たに穴を作って……ぐっ……なん……だ……と」

突然、意識が揺れ始めたことに気付くグラモ。攻撃を受けたと気付き、なんとか視線を動かして攻撃を受けた先を見ようとしたが……

「触手なのか？」

遠《とお》のく意識の中でグラモの視界に映ったのは、ウネウネと動きながら自分に近付いてくる触手だった。

❖　❖　❖

「可愛いねー。このゴワゴワした手触《てざわ》りもいいよ！　え？　もう一回？　仕方ないなー。いでよ！　万能グルーミング！　ふっふっふ。我がテクニックの虜《とりこ》になるがよい！」

軽い感じの声が聞こえてくる。

それと一緒に、馴染《なじ》みある仲間の喜ぶ声も聞こえてきた。

「素晴らしいですぞ！　こんなに毛がつやつやとしたことはありません！　あれほど私を苦しめていたノミがすべていなくなっております」

そんな声を聞きながら、グラモの意識が少しずつ覚醒していく。目の前で部下がなぜか喜んでいたことを不思議に思い、ぼんやりとしながらもグラモは尋ねる。

「お、おい。何をしている。ところで、一族を襲っていた謎《なぞ》の痒《かゆ》みの原因は、ノミだったのか？　あれほど手入れはしっかりと――いや、そんな場合ではない」

「長！　お喜びください！　和也様なら痒みから我らを解放してくださいますぞ！」

グラモはよく分からぬ状況に困惑しながらも、呆気《あっけ》に取られてしまう。

（何を言っておるのだ？　痒みのない生活？　それは素晴らしい……いや、そんな話ではない。我らは筆頭様から依頼を――）

グラモは、無防備にも仰向《あおむ》けになってお腹を見せている部下を叱責《しっせき》する。

「敵に籠絡《ろうらく》されたのか！　土竜の誇りを忘れたのか！　なぜ、そのように腹を相手に見せている！」

「え？　敵って何の話？」

キョトンとした顔で尋ねてきた和也に、グラモが吠える。

「き、貴様が我が部下達をたぶらかしたのか！　他の者達はどこへやった！」

「ああ。モグラさん達？　それならあそこにいるよ？　皆、気持ちよさそうだよね」

ゆったりとそう言う和也の指先を追ったグラモは、顎が外れそうなほど口を開けて唖然とした表情になった。なぜなら、部下達は湯気《ゆげ》が出ている簡易浴槽の中におり、満足げな表情を浮かべていたからだ。

「何をしているのだー！」

「あ！　族長！」

「やばい！　隠れろ！」

怒り心頭《しんとう》の族長を見て部下達は逃げだそうとしたが、一匹が提案する。

「いや、族長にも和也様の癒しの力を受けてもらおうではないか」

「「おお！　それだ、それ！」」

残りも賛同し、彼らはグラモを取り押さえるのだった。

❖　❖　❖

「あひゅううう！　にょひょぉぉぉぉ！　はうわわあああ。うひょぉぉぉぉ」

それから数時間後、拠点には摩訶不思議《まかふしぎ》な声が響き渡っていた。和也がブラシを動かすたびにグラモが変な声を出し、その周りで土竜達が頷き合う。

「やっぱり、族長でも我慢できないよな」

「そらそうだろ。我らを襲っていた痒みの原因を発見して簡単に除去《じょきょ》し、さらにはつやつやにまでされてるんだぞ」

「しかも、ノミ取りの薬まで作られてて、この拠点では買うこともできるらしい」

「まじか！　俺、今日の帰りに買い占《し》める！」

「でも、ここの通貨って魔石だよな？　あの光り具合なら結構、高純度《こうじゅんど》だぞ」

　土竜達が、グラモがグルーミングされるのを見ながら話していると、会話を聞いていた和也が手を止めて尋ねる。

「お金の話だけどさ。この世界では金貨、銀貨、銅貨に分かれてるんだよね？　このノミ取り薬なら、君達はいくらで購入するの？」

　すると、グラモが悲鳴のような声を上げる。

「か、和也様！　止めないでくだされ！　今、ものすごくいい感じだと思われるのでござるよ。あと少しで！　あと少しで儂の身体から、忌々《いまいま》しい痒みの元だと判明したノミ達がいなくなるのですぞ！」

　グラモを適度なグルーミングで宥《なだ》めつつ、和也は土竜族のほうへ顔を向ける。

「うんうん。でもちょっと待ってね。それなんだけどさー。ゴブリンが溜め込んでた貨幣を回収したんだけど価値が分からないんだよね。やっぱり貨幣価値って気になるじゃん？　ひょっとしたら今後、交易するかもしれないし。それが分かってから続きを――」

「そ、そんな！　おい！　早く和也様に貨幣価値の説明をせぬか！　そして手持ちにある貨幣を全額手付け金として、いや見本として和也様に――あひょおおお！　おお、そこです！　そこに諸悪《しょあく》の根源がああああ」

　グラモがいちいち会話に割り込んでくるので、強めにグルーミングしてあげたら恍惚《こうこつ》とした表情で昇天《しょうてん》してしまった。

かくして即行で和也の虜《とりこ》になったグラモであるが、すでに息子や第二陣として残っていた者達まで和也の拠点に呼び寄せていた。

「父上！　土竜の長としての誇りはどこへ！　情けないとは思わないのですか！　四天王筆頭様の依頼を受けたときの隠密としての矜持《きょうじ》はどこに行ったのです！」

グラモに鋭い声を投げつけたのは、グラモの息子、タルプである。

鋭い目つきでグラモを糾弾《きゅうだん》する彼は次期頭領との呼び声が高いが、簡易浴槽に肩までつかってマッタリとした表情になっていては、その説得力は台無《だいな》しである。

「……いや、若君《わかぎみ》。そんな状態で、批判なさっても……」

「何を言うか！　この簡易浴槽の素晴らしさが貴様には分からんのか！」

「いや、何か論点が……いえ、若君が……タルプ様が、それでいいのなら構わないのですが」

よく分からない口論《こうろん》をする土竜達の会話に和也が割って入る。

「まあ、みんな気持ちいいなら良かったよ。俺はグラモのグルーミングを続けるから、スラちゃん1号は、皆さんに食べ物のお代わりを用意してくれる？」

和也の指示にスラちゃん1号は、「かしこまりました。すぐに用意しますから待っててくださいね」との感じで触手を動かした。タルプや土竜一族は手伝いを申し出たが、スラちゃん1号にやんわりと断《ことわ》られてしまう。

その代わりにスラちゃん1号は、和也にこの世界の情報を伝えてくれるように頼んだ。

そんなわけで土竜一族達は自分達が持っている情報を、和也に伝え始める。

「今の魔王様は平和主義ですよ」

「そうそう。四天王筆頭様も、普段は冷たい感じで接せられるけど、休みの日はフレンドリーだよね」

「あ、でも。最近、四天王筆頭様って彼氏に浮気されて別れたよな？　確か口論になった場所の半径五十メートルは灰燼《かいじん》に帰《き》したとか」

「ばっ、馬鹿か、お前！　その話をしているのを筆頭様に聞かれたら普通に死ぬぞ」

美味しそうに肉を頬張り、酒も飲んで笑い合う土竜達。

そんな様子を眺めていたグラモは、的確にノミを潰していく和也のテクニックに骨抜きにされながらも、四天王筆頭フェイへどう報告すべきか真剣に考えていた。

❖　❖　❖

「本当に一人で戻るの？　俺も一緒に行こうか？」

「いえ！　和也様の代わりは誰もできません。もし御身《おんみ》に何かがあれば、全生命体にとっての損失になります。私なら魔族領に戻って処刑されても、タルプがおりますから大丈夫です。頼んだぞ、タルプ」

和也の親書を持ったグラモが、真剣な表情でそう伝えた。

心配そうにしている和也にグラモは笑いかけ、旅立ちの荷物を担ぐ。拠点の調査でやってきた土竜一族は十五名だったが、今回帰還するのはグラモ一人らしい。

「父上。お一人ですべての責任を取るおつもりで？」

「ああ。四天王筆頭様に会う前に、土竜一族の村の者達へは伝えておく。上手くいけば、半分はこちらにやってこられるであろう。そのときはタルプが長の代理として、皆をまとめるのだぞ」

タルプとグラモが言葉を交わしていると、スラちゃん1号が二人に近寄ってきて、グラモに革袋を手渡す。

「スラちゃん1号殿《どの》、これは？　中を見ろと？　……魔石!?　それもこれほど純度《じゅんど》の高い物をどうしろと？　なるほど、そういったことですか。分かりました。このグラモ、責任を持って、必ずや和也様の親書とともに魔王様にお渡しします」

革袋と親書を懐《ふところ》に入れたグラモは、恭《うやうや》しく和也に一礼した。そして振り返ることなく魔族領に戻っていった。

17．グラモ、魔王と四天王筆頭《ひっとう》に報告する

「これが、無の森の主殿《あるじ》からの手紙か？」

魔王マリエールが質問したにもかかわらず、跪《ひざまず》いたままのグラモは沈黙を続けていた。一緒に報告を聞いていたフェイが業《ごう》を煮《に》やし、グラモを威圧《いあつ》する。

「グラモ。魔王様からの問いかけを無視するとは何事です。しかし、貴方の覚悟はすでに分かっています。魔王様にすべてを伝えるために戻ってきたのでしょう？　……貴方の一族はこの地を発つ決意をしたのでしょうから」

「な！　すでに筆頭殿は気付いて……」

「当然です。私を誰だと思っているのです。ともかく、貴方の一族の安全は我が名において保証しましょう」

四天王筆頭であるフェイからそう言われ、グラモは感謝の表情を浮かべた。そして、すべてを打ち明ける決心をする。

改めてマリエールが問う。

「では、無の森の主殿はどのような方なのだ？　手紙を読む前に少し情報が欲しい」

「実に素晴らしいお方です！　我を撫でながら『もふもふは正義！』とよく分からぬことを叫んでおられましたが……我が一族の悩みの種であった痒みの元であるノミ取りをしてくださり、薬まで開発してくださりました。それと、湯船は素晴らしかったですな」

「「は？」」

恍惚とした表情で話すグラモを見て、マリエールとフェイは顔を見合わせる。

「何？　あのグラモの表情？」

「いや、それよりも何一つ情報が増えてないんだけど？　何、もふもふは正義って？　ちょっと、四天王筆頭としてキツく言ってよ」

「だって、さっきの威圧を込めた口調《くちょう》も響いてないのよ。前なら冷や汗を流しながらひれ伏《ふ》していたのに。レベルアップじゃない何かを感じるわ」

フェイがグラモに近付いて毛並みの確認をする。かなりつやつやとしており、思わず嫉妬しそうになった。ここまで毛並みを綺麗にするのは、四人家族が一年間暮らせるだけの魔族領通貨、１００万マリを支払ったとしても難しそうであった。

「村にいた種族は人間だけ？」

「いえ。人間は和也様のみでございます。その他には、私が見た限りではハイクラススライムが五十四、ハイドッグが十体、ハイキャットが十五体おりました。あとはフェンリルモドキも三頭を確認しております。それよりも驚いたのは――」

「な、なんですって！」

　グラモが報告している最中に、フェイが驚きの声を上げる。

　フェンリルモドキとは、伝説の生き物フェンリルに近しい戦闘力を持つとされる魔物である。モドキとはいえ、その存在はかなり貴重とされていた。

「フェンリルモドキだけでも驚きなのに、ハイドッグとハイキャットが共同生活をしているなんて歴史的発見じゃない？　犬猿《けんえん》の仲どころか、不倶戴天《ふぐたいてん》の敵同士でしょ？」

「確かに。このグラモ、斥候《せっこう》職に就いてから初めて見た光景でした。お互いが毛繕いし合っているのを見たときは、天変地異《てんぺんちい》の前触《まえぶ》れかと思いました。ですが、一番驚いたのはエンシェントスライムの存在です」

　エンシェントスライム。存在自体が伝説となっている魔物であり、その昔、魔王と勇者が戦った際に、勇者を支えた魔物として知られていた。

　だが、勇者が死んだあとは行方《ゆくえ》不明となっており、まさに伝説の魔物であったのだが……。

「本当にエンシェントスライムなの？　それよりも実在するの？　エンシェントスライムって」

「み、見間違いではないのか？」

　自信たっぷりに言い切ったグラモに、フェイとマリエールは信じられないという様子だった。

「お二人が驚かれるのも分かります。しかし、スラちゃん1号殿にあったコアは、伝承通り虹色《にじいろ》のコアでした。目の前で確認しておりますので間違えることはありえません。そんなエンシェントスライムが六匹もいたのです」

「スラちゃん1号？　……そ、それよりもエンシェントスライムが六匹⁉　つまり、和也なる者は勇者だというのか？」

「和也様が勇者であるかは、私ごときでは判断できません。ですが、和也様が慈悲深き王であることは間違いありません」

「なるほど。グラモがそこまで言うなら間違いないのでしょう」

斥候として最高峰《さいこうほう》の能力を持つ土竜一族の長が断言《だんげん》したのである。信じられないようなことばかりだったが、その信憑性《しんぴょうせい》は高かった。

フェイが先を促すように尋ねる。

「では、他に情報を教えてください」

「はい、続いて居住区についてですが……」

それから、マリエールとフェイはグラモの報告をひと通り聞き終えると、盛大なため息を吐いた。

和也が統治している村は食料が豊富で、外で寝ている者などおらず、全員が家持ちとのことだった。さらに魔石が通貨として流通しており、魔石を大量に集めるために魔物を討伐できる戦闘力も備《そな》えていることが分かった。

マリエールが、グラモから渡された革袋から魔石を取り出して首をひねる。

「とんでもない集落なのだな……それにしても、この魔石の意味はなんだろう？」

「買い取れとのことでは？　適正な金額を提示できるか試されているのかもしれません」

「ふむ。なら色を付けて支払うか」

フェイの言葉にマリエールはそう言って頷くと、一般的な魔石の価値より三割ほど上乗《うわの》せした金額を用意するように伝えた。

18．グラモの処遇《しょぐう》

後日、グラモは再び謁見《えっけん》の間に呼び出されていた。

マリエールがグラモに告げる。

「グラモ。汝に与えし斥候部隊長の任を解《と》く。また、配下であった一族郎党も全員解雇《かいこ》し、退職金は支給しない。むしろ、汝のせいで再構築せねばならなくなった斥候部隊費用を支払ってもらおう。金額は８０００万マリとする」

「はっ！　任務に失敗し一族郎党断罪《ろうとうだんざい》されるところ、陛下のご温情《おんじょう》に感謝いたします。ですが、我が一族では斥候部隊の再構築を賄《まかな》う費用を用意できるわけはなく、魔王陛下のご慈悲をもって我が命にて——」

「ふっ！　お主の命なぞもらっても何の役にも立たぬわ。その身体にある魔石にそれほどの価値があるのか？」

「い、いえ。ですが……」

跪いたまま自らの命を差し出そうとするグラモの提案を、マリエールが一蹴《いっしゅう》する。

この場には、魔王マリエールの他に、四天王筆頭のフェイ、別の四天王の大男がもう一名。さらには将軍職の七名が控えていた。

四天王の一人、巨体のマウントがグラモに近付くと胸《むな》ぐらを掴んだ。

「おい、お前ともあろう者が任務に失敗だと？　しかも、一族郎党を逃がしたとの噂も聞いたぞ！　何を隠してやがる？」

「マウント。それくらいにしてやれ」

「しかし陛下。こいつは栄光ある魔王軍の顔に泥を——」

「エンシェントスライムが六匹いたとの報告がある」

今にも殴りかかろうとしていたマウントを、マリエールが止める。そして、マリエールから発せられた伝説のエンシェントスライムがいたとの情報に、謁見の間は騒然《そうぜん》となった。

「なっ！　エンシェントスライムだと！」

「あの伝説の魔物が存在したのか⁉」

「討伐に行かなくてもいいのか！　勇者をまたサポートするかもしれん」

「エンシェントスライムが六匹だぞ！　今の魔王軍で倒せる人員が準備できるものか！」

「やはり軍備の拡充が……」

しばらく自由に発言させていたマリエールだったが、フェイに向かって小さく頷く。すると、謁見の間に轟音《ごうおん》が響きわたった。

一同が驚いて音の方向を見ると、そこにはフェイが錫杖《しゃくじょう》を持って仁王立ちになっており、錫杖の周りには雷が渦巻《うずま》いていた。

「静まりなさい。それでも栄光ある魔王軍の最高幹部《かんぶ》ですか」

フェイの冷徹《れいてつ》な言葉に一同が静まりかえっている中、将軍職の一人が前に出て反論する。

「しかし、事《こと》は未曾《みぞ》有《う》の危機と判断します。太古の魔王様が倒されたのは、エンシェントスライムが裏切ったからです。なら、早めに潰すのが得策《とくさく》かと」

「我らが負けると？」

フェイがギロリと威圧する。

「くっ！　……い、いえ。そ、そうではありません。勇者が畏《おそ》れ多くもマリエール様にどのような危害を加えるか分からぬゆえ――」

そこへマリエールが、今にも襲いかからんとするフェイに向かって言う。

「よい。フェイも威圧を抑《おさ》えよ。こ奴《やつ》も我を心配しておるのだ。すまんな。フェイは我のことになると見境《みさかい》がなくなる」

「はっ！　貴方にも謝罪を」

「い、いえ。フェイ様の陛下への忠誠《ちゅうせい》を感じました……」

フェイが威圧を解いて謝罪すると、将軍職の一人はそう口にして崩れ落ちるように倒れた。フェイはそれには目をくれず、グラモに冷酷《れいこく》な声で伝える。

「グラモ、先ほどの話の続きです。陛下、グラモの処分ですが、スパイをさせましょう」

「ほう。詳《くわ》しく話せ」

フェイの案は、和也達がいる拠点にグラモをスパイとして送り込み、その地の生産物、人口、領土、特産品、不足品などを調査させようというものだった。そうした情報を交《こう》渉《しょう》材料にして、交易の主導権《しゅどうけん》を握るとの目論見《もくろみ》らしい。

四天王のマウントが疑問を口にする。

「しかしこいつは裏切り者なんだろ？　そんな奴がスパイとして信用できるのか？」

「拘束《こうそく》契約は結《むす》びますよ。それと、グラモが和也殿に心酔《しんすい》しているのはあちらも知っているのでしょう。そんなグラモがスパイをするとは思わないでしょ？」

「はっ！　なるほどな！　拘束契約なら大量の魔力が必要だろう。俺の分も使ってくれよ。

こいつにはしっかりと働いてもらわねえとな！」

「そうですね。では、マウントの魔力を借りましょうかね。一人では疲れますので。では、後ほど別室で」

マウントが獰猛《どうもう》そうな笑みを浮かべると、フェイは冷徹な目のまま頷いて、グラモを連れて移動していった。

❖　❖　❖

「あんな感じで良かったのかよ？」

「完璧よ。協力に感謝するわ」

別室で、マウントがフェイの肩に手を置いて馴《な》れ馴《な》れしく話しかけている。その手を払いのけながら、謝意《しゃい》をフェイは伝えた。

マウントは苦笑をすると、グラモに話しかける。

「じゃあ、あとは頼んだぞ、グラモ」

「お任せください。温情をくださったマリエール様のお気持ちは和也様に必ず伝えます」

「おう。その和也様って人に気に入ってもらえよ。これからは大事な取引先になるんだからよ」

マウントは豪快《ごうかい》に笑いながらグラモの肩を叩くと部屋から出ていった。今部屋に残っているのは、マリエール、フェイ、グラモだった。

マリエールがグラモに告げる。

「グラモ。我々は和也殿との争いは求めていない。できれば、お互いに助け合える関係になれればと思っておる。頼むぞ」

「はっ！　このグラモ。必ずや友好の架け橋となってみせます」

グラモは大きく頷くと、和也がいる拠点へと向かうのだった。

19．拠点でのお祭り

「お帰りー」

「……えっ？　はっ！　ただいま戻りました」

グラモが拠点に戻ると、木々には色とりどりの花が飾られ、広場の中央にはキャンプファイヤーが焚《た》かれていた。横断幕《おうだんまく》まで掲《かか》げられ、机の上には大量の食料や飲み物が置いてある。

キャンプファイヤーの周りでは、スラちゃん達や、イーちゃんを始めとする犬獣人達や、ネーちゃんを筆頭に猫獣人達、また魔王城でフェンリルモドキと呼ばれていたオオカミ達や、ちびスラちゃん達が適当に寛いでいる。

ただ、土竜一族だけは不安そうな顔をしていた。

「あ、あの。これは？」

同じく不安そうな顔になっているグラモが問いかけると、和也は嬉しそうにしつつグラモを広場の中央に連れていきながら説明する。

「これ？　グラモのお帰りパーティーじゃないか！　俺の渡した手紙が効いたんだよね！　あれには『グラモを虐《いじ》めないでね』とも書いておいたから」

嬉しそうにしている和也に、グラモの視線が左右に揺れる。

その視線に気付いた和也が不思議そうな顔をしていると、スラちゃん1号がグラモに近付いて触手を動かした。その動きは「何を黙《だま》っているのです。早く話しなさい」と言わんばかりであった。

「はっ！　詳細を報告させていただきます！　和也様から頂いた親書は、高度文字すぎて解読《かいどく》することができませんでした。博識《はくしき》である魔王様でも読めなかったので、我が国で読める者はいないかと」

「え？　普通の日本語だよ？　俺のしゃべっている言葉は分かるよね？」

「当然です。こうして会話をさせてもらっておりますから。魔族の共通語であるマリエル語ですな。ここまで流ちょう《りゅう》に話される方はおりませんが」

「え？　日本語だよ？」

「いえ、マリエル語です……その、ニホンゴというのは一体？」

「……」

会話が噛み合っていない和也とグラモ。しばらく沈黙が続いたが、考えるのをやめた和也は気にしないことにした。

「分からないからいいや。じゃあ、手紙に書いた『仲良くしてね！』というメッセージも届いていないのか……」

「それはご安心ください。魔王であるマリエール様に命じられて、和也様と仲良くなるように私が派遣されております」

「じゃあ、グラモの仲間が来てるのは？」

「ご迷惑でなければ、我が一族すべてを、和也様と一緒に生活をさせていただければと」

グラモの言葉に和也は大喜びすると、集まっている一同に大声で話しかけた。

「ほら！　やっぱりそうじゃん！　グラモは魔王様から『仲良くしてね』と言われてやってきたんだよ。パーティーの準備をしてて正解だった！」

和也がそう言うと、土竜一族から困惑と歓び《よろこ》が入り交じった声が上がった。

彼らが困惑しているのは、グラモから死ぬ覚悟で村を捨てこの拠点を目指せと言われていたからである。現実とのギャップが大きすぎて、素直に受け入れられないのだ。

「よし！　皆でご飯を食べよう！　そして食べながら仲良くなろう。スラちゃん1号、パーティーのスタートをお願いしてもいいかな？」

和也の言葉にスラちゃん1号は「かしこまりました。和也様。皆さんも楽しんでくださいね。料理はいっぱいありますから、遠慮なく食べてください」と触手の動きで伝えた。

そして、和也にジュースの入ったコップを手渡す。

「ありがとう。じゃあ！　グラモ親善大使《しんぜんたいし》を歓迎する食事会を始めるよー。乾杯《かんぱい》！」

全員に飲み物が行き渡ったのを確認して、和也が乾杯の挨拶をする。

こちらの世界では乾杯の風習《ふうしゅう》がないのか、皆キョトンとしていたが、和也は気にすることなく一気に飲み干すと料理を食べ始めた。


「へー。そうなの。マリエールさんは魔王で、すごいんだね」

「そうです！　四天王筆頭のフェイ様も素敵なお方です。お二人は幼なじみでしてな。おお！　そこです！　そこは手が届きませんので手入れが……」

パーティーの最中、万能グルーミングでの毛繕いに気を良くしたグラモが、今の魔族領を事細《ことこま》かに説明していた。

マリエールからすべての情報を提供して良いと言われているグラモは、気にすることなく和也に明かしていく。

「おお。そうでした。スラちゃん1号様から渡された魔石ですが、フェイ様より買い取りとのことで代金を預かっております」

グラモは懐から革袋を取り出すと和也に手渡す。かなりずっしりとしているが、価値が分からない和也は無造作《むぞうさ》に机の上に放り投げた。

和也が革袋から硬貨を一枚取り出すと、グラモは目を白黒させる。

「なっ！　まさか、ここまでの金額とは」

「あれ？　これ、金貨や銀貨でもないね？　白っぽい硬貨？」

和也が珍《めずら》しそうに持っているのは白金貨と呼ばれる貨幣であり、金貨百枚と同じ価値があった。それが、袋には百枚入っているのであった。

20．もふもふ vs ゴワゴワ vs ツルツル

「和也様は、どの肌触《はだざわ》りがお好きなのであろうか？」

そのグラモの発言が、イベントの始まりだった。

普段の何気ない一言のはずだったが……

グラモの土竜一族が合流してから一ヶ月。拠点は、土竜一族のためにさらに拡張され、犬獣人達の狩りの拠点となっていたゴブリンの洞窟に土竜一族も一緒に住むことになった。

そこで、新たに狩り場の拠点を作るため、開発が進んでいなかった西側の調査が行われた。その調査にスラちゃん2号、3号、5号と、犬獣人五匹に猫獣人五匹、ちびスラちゃん五十四、フェンリルモドキ二頭に土竜一族から三体が選ばれた。

調査自体は問題なく完了し、新しい狩り場の拠点が作られ、さっそく新たな動物や魔物達が狩られていった。そんなこんなでひと通りの作業が完了し、打ち上げをしている中でのグラモの発言であった。

「和也様は言われた。『本当に土竜の肌触りって良いよね。このゴワゴワした感じの中にある温かさ。硬めの櫛で流れに沿って動かす感触が本当に良いんだよ』と。やはり土竜一族が、和也様の寵愛《ちょうあい》を受けるにふさわしいのでは？」

「きゃう！　きゃうきゃう」

グラモが自信満々に言っていると、横から憤慨《ふんがい》したイーちゃんが参戦してくる。

「ん？　イーちゃん殿は犬獣人が一番だと？　確かに『犬獣人の毛触りっていいよね。これだけモフれればご飯三杯はいけるよ！　いや、毛をおかずにしてご飯は食べないよ！　比喩《ひゆ》だよ。比喩！　やめて！　ご飯にかけないで』でしたな。和也様は嫌がっておられるのでは？」

「きゃうきゃう！　きゃう！」

「違うですと？　『あれは我が犬獣人のお茶目であって、和也様のご飯にかけてはいない』ですと？」

「きゃう！」

イーちゃんの言葉にグラモは頷いていると、今度はネーちゃんと猫獣人達が詰め寄ってきた。

「にゃにゃにゃ！　にゃう！　にゃ！」

「なんと、『我らの一族こそ、和也様の寵愛を受けるにふさわしいです』と？　なるほど。和也様がブラシを出されたときの顔を思い出すとそうかもしれませんな。『ふはー！　間違いない！　これこそが猫の良さ！　ツンデレだよね！　ちょっ！　舐めすぎ！　顔がベトベトになるじゃん』とおっしゃってましたな。ツンデレが何かは分かりませんが。でも、顔がベトベトになるのは嫌がっておられるのでは？」

「にゃー！　にゃ！」

「違うですと？　あれは和也様の照れ隠しであると？」

「にゃう！」

みんなで和也抜きで盛《も》り上がっていると、話を黙って聞いていたスラちゃん1号が、触手を動かして会話に参加してきた。スラちゃん1号は身動きだけで次のような内容を伝えてくる。

「あらあら。皆さん大した自信ですが、和也様の寵愛を受けるのは当然ながら、最初から行動をともにしており名付けも最初にしてもらった我がスラちゃん一族ですよ。そんなことも分からないのですか？」

確かに普段の和也を見ていると、スラちゃん達への接し方には信頼が満ち溢れており、他の種族とはひと味違う感じであった。

「ぐっ！　た、確かに……」

「きゃうぅぅぅ」

「にゃーん」

「わふー」

グラモ、イーちゃん、ネーちゃん、それといつの間にか参加していたフェンリルモドキのリーダーがぐうの音も出ない表情を浮かべていた。

一番悔《くや》しそうな顔をしているのはグラモだが、なんとか声を振り絞って話しだす。

「で、では。一番はスラちゃん様で確定として、二位は土竜一族でしょうな」

「きゃう！」

「にゃー！」

「わふわふ！」

グラモの言葉に他から抗議《こうぎ》の声が上がる。

しばらく激しいやりとりが行われていたが、やがてみんな、この論争《ろんそう》には結論が出ないことに気付いた。

「このままでは埒《らち》が明かないのは明白《めいはく》。ここは和也様に決めてもらおうではないか！」

「きゃうきゃう！」

「にゃん！」

「わふ！」

強気のグラモの発言に、イーちゃんやネーちゃんが当然とばかりに頷き、フェンリルモドキのリーダーも一声吠えた。

そしてスラちゃん1号の先導で、和也のもとを訪れる。

「どう？　楽しんでる？　みんなで拡張した拠点のお祝いだからね！　新しい肉も手に入ったし、果物や野菜の種類も増えたらから、料理のレパートリーが豊富で満足だよ。俺は何もしてないし、料理はスラちゃん1号が作ってくれたんだけどね。ありがとう、スラちゃん1号！　いでよ！　万能グルーミング！　スラちゃん1号にはいつも迷惑をかけてるねー。俺にできるのはこれくらいだよ」

和也はそう言って万能グルーミングで手袋を出すと、スラちゃん1号をつやつやにしだした。スラちゃん一号は「そんな当然のことですよ。それでご褒美をもらえるなんて光栄です！」と言っているような触手の動きをした。

その後、グラモからの「どの種族が一番のモフり具合でしょうか？」との必死の問いかけに、和也は満面の笑みを浮かべて答える。

「皆、分かってないなー。そんなの全員に決まっているでしょ！　種族ごとでも一人ずつ感触は違うし、それに老若男女でも違うんだよ！　若いときの産毛《うぶげ》のような柔らかさ。青年の成長を感じさせる手触り、年老《としお》いた中にある人生を感じさせる重厚《じゅうこう》さ。いいかい、それに性別が加わるんだよ！　あ、スラちゃん達は別だよ。みんな同じ感触だからね。とにかく、グルーミングしたときの感動の仕方がそれぞれ違うんだよ！　そもそも――」

和也のモフりに関する熱い主張は、その後二時間続いた。

結局、スラちゃん達が一番であることは確定したが、それ以外については結論が出なかった。この論争は果てなく続くのであった。

21．和也のだらーんとした日々

「うーん。何か特産品を作りたいよねー。スラちゃん1号は良い案ない？」

スラちゃん1号にもたれかかっている和也が、ノンビリとした声で話しかける。今日は特にすることがないので休日としており、全員に仕事をせずに寛ぐように指示をしていた。

スラちゃん1号に寄っかかりダラーンとしている和也を、他の仲間達が羨《うらや》ましそうに見ている。

「ぐぬぬ! 実に羨ましい限りですな。儂の大きさなら背中に乗ってもらえるのでは?」

「にゃにゃにゃ!」

「きゃうきゃう!」

「わふ!」

グラモの歯ぎしりとともに、イーちゃんやネーちゃんの声が重《かさ》なった。そして彼らは勢いよく走りだすと、和也に体当たりをする。

「わぁぷ! ど、どうしたの? 今日は休日だからゆっくりしたら良いんだよ?」

「きゃう!」

「にゃー!」

「わふー!」

「も、もぐー!」

言葉を話せるグラモまでしゃべらずにいることに和也が首を傾げていると、スラちゃん1号が触手を動かして和也に伝えてきた。

「え？『私が和也様を独り占《ひとじ》めしてるから怒っているのですよ』だって？　そうなの？　嬉しいことを言ってくれるじゃないか。いでよ！　万能グルーミング！　まずはグラモからだね」

「はっ！　ありがたき幸――あひょぉおおぉぉおぉ！　うおおお！　そこです！　そこがノミにやられた古傷《ふるきず》なのです！　やはり和也様の手さばきは素晴らしいですな。上下に動かして――あれ？　和也様？」

「違うんだよ、グラモ。土竜一族の身体は下から上にグルーミングはできないんだ。土に潜ることが多いから、体毛も進行方向だけに向いてるんだよ。そこは間違えないでほしい。上下に動かすのではなく。上から下に流れるように梳《す》いていくんだ。ここだけは譲《ゆず》れない。軽い会話だとしても、間違った情報は伝えられないからね」

「わ、分かりました。安易《あんい》な言い方をして申し訳ありません」

　和也の表情は真顔《まがお》になっていた。不思議なほど重みのある言葉に、グラモは思わず息を呑《の》むと、何度もコクコクと頷いた。

「じゃあ、改めて。確かにグラモの背中のところが盛り上がりがあるねー。あまりキツくこすれないなー。そうだ！　こんな感じならいけるんじゃないかな？」

　和也が呟きながら右手に意識を集中させると、それまでブラシだったのがミトンに変わる。スラちゃん用の手袋よりも分厚《ぶあつ》いが、普通のミトンとは違って、表面が突起状《とっきじょう》になっており弾力があった。

「うん。イメージ通り。いくよー、グラモ。そーれ！　どうだー、気持ちいいか？」

「ふわぁぁぁぁー。なんですか！　これはすごすぎりゅぅぅ。はうあぁぁぁぁ。うぅうぅ――」

「あれ？　気持ちよすぎて寝ちゃったかな？　じゃあ、一気に仕上げていくよー」

あまりの気持ちよさに気絶《きぜつ》しているグラモの身体を、思う存分満喫していく和也。

ミトンを動かすたびにビクンビクンと動くグラモに、和也は満足げな表情を浮かべると、最後の仕上げに入った。

「やっぱり、このゴワゴワがいいよね。ここまで綺麗にしたら……ほら、光が当たって輝いて見えるだろ？　この感じが好きなんだよねー。ここまでグラモが喜んでくれてるし、他の土竜一族をグルーミングするときもこれで決まりだね」

満足げな顔で昇天しているグラモを、スラちゃん3号が作り出したマットレスに横たえる。続いて、期待に満ち溢れた顔をしているイーちゃんを手招きする。

「きゃうきゃう！」

「よしよし。任せておきなさい。至福の世界へ誘《いざな》おうー。ふはははははー」

和也がわざとらしく高笑《たかわら》いをしていると、イーちゃんも同じように遠吠えを始めた。

その声に、拠点にいた者達が集まりだす。そして、和也がグルーミングをしているのを見て、一斉にざわめき始めた。

「何？　どうしたの？」

和也が驚いていると、スラちゃん1号がゆっくりとした動作で和也の肩に触手を置いた。そしていつものように触手の動きだけで「当然ですよ。和也様のグルーミングをしてもらった者はつやつやとなり、また活力も満ち溢れます。それだけでなく、至福の幸福感が襲ってくるのです。なので全員が『次は自分にしてほしい』と群がるのです」と伝えてきた。

「そうなの？　よし！　イーちゃんとネーちゃんの次にする子は決まっていないから、順番を決めてくれるかな？　ただし！　ケンカはダメだよ。平和的な方法で順番を決めるように！　乱暴な子は嫌いだよー」

グルーミングの順番を決めるために一触即発《いっしょくそくはつ》の殺気が溢れそうになった拠点だったが、和也の一言で一瞬にして沈静化《ちんせいか》する。

結局、種族関係なく年老いた者からとなり、スラちゃん6号が整理券を作成し、7号と8号が警備員として配置されたのだった。

22. 新たなプニプニの予感

「ん？　あれってボール？」

ある日、暇《ひま》を持て余した和也が拠点を散歩していると、猫獣人達が何かを投げて遊んでいるのを見かけた。彼らが投げていたのはラグビーボールのような形をしており、思ったところに行かないのが楽しいようだった。

「おーい！　何してるのー？　そのボールを見せてくれる？」

和也の声に気付いた猫獣人五匹が、満面の笑みを浮かべて駆け寄ってくる。全員がケモミミと尻尾をピコピコと動かしており、表情だけでなく身体全体で喜びを表していた。

「にゃう！」

「にゃー」

「にゃにゃにゃ！　にゃー！」

「うんうん。なるほど、拾ってきたんだ。それで？　あっちの新しく開拓している森で？へー。そうなんだ。他にもあった？　何個もあったんだ。詳しい場所を教えてよ！」

和也が詳細な場所を確認しようとすると、猫獣人達は顔を見合わせてヒソヒソと相談を始めた。そして和也に近付き「にゃあにゃあ」言いながら身体をすり寄せてくる。

その意味が分かった和也は、万能グルーミングでブラシを出し、猫獣人達三匹に近くに来るように伝える。

「ふふふ。この交渉上手さん達め！　良かろう！　その取引、喜んで乗ってやろうではないか！　まずは誰からだー。お前かー!?　逃げるなー。待てー」

「にゃー！」

「にゃにゃにゃ！」

「にゃーん」

「うははははー。待つのだー」

一匹を捕まえようとしてするりと逃げられた和也は、再び捕まえようとする。猫獣人達は嬌声《きょうせい》を上げて、その身体能力を駆使して捕まりそうでいてギリギリ捕まらない距離《きょり》で逃げ続けた。

「ははは一。待てー……はっ！　違う！　そうじゃない。危《あや》うく当初の目的を忘れるところだった。危険危険。猫獣人達の軽《かろ》やかさはすごいね。そして、ギリギリで躱《かわ》すときに手の中からすり抜けていく高級シルクのような猫の毛。その下にある温かい体温。もう、こうなったら意地でも……じゃなくって！　遊ぶのは終わりー。今日はここまでー」

「にゃー」

残念そうにしている猫獣人達だったが、和也から用事があると伝えられると、渋々《しぶしぶ》納得した表情になった。

「でも、グルーミングだけはするからなー。ほらー。まずはお前からだー」

「にゃーん」

油断していたところ、猫獣人は捕まってしまった。和也が素早く万能グルーミングでブラシを出してブラッシングをすると、その子は恍惚とした表情で身を任せるのだった。

❖　❖　❖

「ふんふふーん。ボールを求めてたったかたー」

音程も歌詞も何もない鼻歌で、和也は超ご機嫌に森の中を歩いていた。

普段ならスラちゃん達の誰かが護衛に付くのだが、今日は誰にも声をかけずに一人での散歩であった。一人なのを新鮮《しんせん》に感じながら和也はテンション高く、猫獣人達に見せてもらったボールを探していた。

「どこだろうなー。聞いた話だと、それほど遠くないはずなんだけどなー。ん？　ひょっとしてこっちかな？」

ひょいひょいと木の間をくぐり抜ける和也は、森の深部《しんぶ》へ進んでいく。すると、拠点ほどではないがそこそこの広場にたどり着いた。

「へー。こんなところにも広場があるんだ。あー！　あれじゃないかな⁉」

和也が指さした先には、太めの木にラグビーボールのような形の実が生《な》っていた。かなりの数が実っており、一つとして同じ大きさはなかった。

「ふーん。大きさだけじゃなくて、形にも色々あるんだねー。あれ、動いた？　いや、まさかね。風だね」

和也がそう呟きながら、別の実を見ようと振り返った瞬間。目の前にあった実が破裂《はれつ》し、その中から何かが飛び出した。

「うわぁ！　な、何？　実じゃなかったの？　え？　芋虫《いもむし》？」

目の前でモゾモゾと動いている物体を眺めて、和也が首を傾げる。

少し粘性《ねんせい》のある液体の中で蠢《うごめ》いているのは、抱えるほど大きな芋虫だった。

身動きが取れなさそうな様子を見て可哀想だと思った和也は、万能グルーミングでタオルを出すと、粘性のある水を拭き取っていった。

「さっきのは実じゃなくて卵だったのかな。うわぁ。結構ベトつくな。でも、ふふーん！　万能グルーミングを一回解除してから――いでよ！　万能グルーミング！　なんと新品のタオルになって出てくるのですー」

和也は鼻歌を口ずさみつつ、再び粘性のある水を拭き取っていく。

そして、目に見える場所が綺麗になったのを確認すると、今度は仕上げとばかりに芋虫の隅々まで拭き取りだす。

最終的には、芋虫は全身つやつやとなった。芋虫はモゾモゾと嬉しそうに糸を吐き出すと、糸をまとめてソフトボール大の大きさにして和也に手渡した。

「え？　俺にくれるの？　わーい。ありがとう。グルーミングしたお返しかな？　そんなこと気にしなくてもいいのに。そうだ、ここにある卵って君の仲間だよね？　俺の拠点においでよ！　それともここにも拠点を作ろうかな？　そうだ！　名前がいるよね。うーん」

一人でテンション高く話す和也を不思議そうに見る芋虫。和也はそんな芋虫を凝視《ぎょうし》しながら、名前を思いつき、ビシッと指さした。

「モイちゃん1号で！」

和也はそう名付け、嬉しそうに芋虫を抱き上げるのだった。

モイちゃん1号のあと、卵からモイちゃん達が次々と誕生していく。

和也は生まれ落ちたモイちゃん達に近付くと、万能グルーミングで大きめのタオルを取り出して、次々と身体を拭って綺麗にしていった。

「ふっふふーん。君はモイちゃん8号だよー。これで綺麗になったかな？　君も糸で作ったボールをくれるの？　ありがとうー。でもこれで八個目だねー。どうしよう？　まだ二十個以上は卵があるよね」

　ソフトボール大の物を受け取り、和也は困惑していた。

　一個や二個なら持って帰れるのだが、ふ化《か》した八匹全員からそれをもらっており、この調子でいけば三十個は手に入りそうだった。

「うーん。こういったときは、スラちゃん1号ー。助けてー！　……と言えば、応援に来てくれる感じなんだけどなー」

　和也は期待して周りを見渡したが、スラちゃん1号が来る様子はなかった。

　しばらくモイちゃん9号を綺麗にしながら、チラチラとスラちゃん1号が来ないかなーと待っていた和也だったが、なかなか来ないので諦めたようにため息を吐く。

「そりゃそうか。そんな都合のいい話はないよね。仕方ない、頑張って持って帰ろう」

　九個目のボールを受け取った和也が、覚悟を決めて十四目に手を伸ばそうとすると、周りから気配を感じた。

　和也の視線の先には、ゆっくりと和也に近付いてくるスラちゃん1号の姿があった。

「スラちゃん1号だ！　来てくれ——な、何？　どうしたの？　ものすごく怒ってる？」

　恐る恐るそう問いかけると、スラちゃん1号は触手を地面に叩きつける。

　衝撃波《しょうげきは》でも出そうな勢いに、和也だけでなくモイちゃん達も硬直《こうちょく》した。また、ふ化しそうだった卵達も恐怖を感じたのか動きを止めてしまった。

ペシペシと触手を地面に叩きつけて、次のような怒りを表現するスラちゃん1号。

「『ものすごく怒ってる?』じゃありません！　怒っているのです！　どれほど心配したと思ってるのですか！　拠点にいない！　ハイキャットに聞いたら『森から一人で出ていったにゃん』ですよ！　緊急招集《きんきゅうしょうしゅう》をかけて探そうとしたら『助けてー。スラちゃん1号』!? それで慌てて駆けつけてみたら、グルーミングして楽しんでるじゃありませんか！」

和也は心配をかけたと感じ、誠心誠意《せいしんせいい》謝罪をする。

「本当にごめんなさい！　軽率《けいそつ》だった。これからは拠点から出るときは、必ずスラちゃん1号に声をかけて出るから！　お願いだから許してー。その怒りを鎮《しず》めてー」

土下座《どげざ》までする和也に、スラちゃん1号の触手の動きがゆっくりとなる。

スラちゃん1号が落ち着いたのが分かった和也は、徐々にスラちゃん1号に近付き、万能グルーミングで手袋を出してマッサージする。

「ごめんよー！　それとありがとう。本当にスラちゃん1号は素敵だよね！」

突然のグルーミング攻撃にスラちゃん1号は、「ちょっ！　ダメです！　止めてください！　そんなことでは誤魔化《ごまか》されませんからね！　しっかりと反省してもらいますから。こら！　ダメだって！」と身悶《みもだ》えしながら触手で訴えた。

スラちゃん1号はまだ和也を怒ろうとしていたが、最後は許してくれた。

「もう！　今回だけですよ！　次は許しませんからね！」と主張する感じで触手を動かしているスラちゃん1号に、和也は満面の笑みで頷く。

「一人歩きはもうしないよ。森の外に行くときは誰かと一緒に行動するから。大丈夫だよ。スラちゃん1号に心配をかけたくないからね」

そう言って珍しく真剣な顔をする和也に、スラちゃん1号は「そんな顔をされたら、これ以上怒れないじゃないですか。本当に気を付けてくださいね」と、身体を膨張《ぼうちょう》させるのだった。

スラちゃん1号が本気で怒っていないと分かった和也は、ここがチャンスとばかりに相談を始める。

「それでね、スラちゃん1号。このモイちゃん達を拠点に連れていっていいかな？　ボールも作れるんだよ！　ほら！」

和也がモイちゃん達からもらったボールを手渡すと、スラちゃん1号は触手で受け取って確認する。そして何か納得したのか、自分の身体に取り込んでしまった。

「え？　食べるの？　これってスラちゃん1号の食事になるの？」

突然の行動に和也が驚いていると、スラちゃん1号は突然糸を吐き出し始めた。その糸は、まるで絹《きぬ》のようで、きめ細かく美しかった。

「うわー。ものすごく綺麗な糸だね。え？　『こんな素晴らしい子達なら喜んで拠点に連れていきますよ？　私がしっかりと教育しますから安心してください』だって？　本当？　やった！　スラちゃん1号大好き！」

和也は再びスラちゃん1号に抱きつくと、万能グルーミングの手袋で全力で撫でてあげた。

23．グラモ、驚愕《きょうがく》する

拠点に向かって行進している一団があった。

先頭を和也が歩いており、その後ろにモイちゃん1号2号3号が続く。さらにそのあとに、三列で30号までが並び、最後尾にスラちゃん1号がついていた。

和也はモイちゃん一族をすべて拠点に連れていけることにご機嫌で、スラちゃん1号は「もう、本当に仕方ないですね和也様は」と言いたげに触手を動かしていた。

「順調だねー。突然襲われたらどうしようかと思ったけど、全員無事に到着できそうだねー」

そんなフラグな発言を和也がすると、案の定《じょう》、近くの茂《しげ》みがガサガサと動き始め、大型の鳥が飛び出してきた。

和也達を襲おうとしてきたのは、飛ぶことはできないが足が速い鳥。かなり好戦的で、和也は何度かグルーミングしようと試みたことがあったが、いつも失敗している魔物だった。

「うわー。この子か。何度やっても仲良くなれないんだよね。もう一回頑張ってみるかな？　ほら、怖くない。大丈夫だよ。ほら怖くないから、こっちにおいで」

和也はそう言って、ポケットから取り出した木の実を見せながら大型の鳥に近付いていく。

大型の鳥は首を傾げながら、「くるる」と鳴いて木の実を凝視していた。それを見て、和也の目に希望の光が灯る。

徐々に距離を詰めていくと――大型の鳥が襲いかかってきた。

「くぇぇぇぇ！」

「うわ！　やっぱ駄目だったー！」

木の実よりも和也のほうが美味しそうに見えたのか、大型の鳥は口を開けてかじろうとしてくる。

が、突然動きを止める。そしてゆっくりと横倒しになってピクピクと痙攣《けいれん》し、最後は動かなくなった。

「その鳥はダメだと言ってるでしょ?」と言わんばかりの触手の動きで、スラちゃん1号が和也に近付いてくる。スラちゃん1号は「このままだったらモイちゃんも襲われてましたよ」とも言いたげだった。

スラちゃん1号が溶解液で大型の鳥を倒してくれたらしい。それからスラちゃん1号は、その魔物を担ぎ上げると「はいはい。拠点に戻りますよ」と進みだした。

「おお! 和也様! お探ししましたぞ!」

「きゃうきゃう!」

「にゃにゃにゃ!」

「わふー」

和也が拠点に戻ると、心配そうな顔をした一同が殺到《さっとう》してきた。本当に迷惑をかけたと感じた和也は全員に向かって頭を下げる。

「本当にごめん! スラちゃん1号にも謝ったけど、今後は一人でふらついたりしないから安心してよ。それと、新しい仲間ができたんだよ! 紹介するね。モイちゃん達だよー」

謝ったと思ったら、すぐにモイちゃんの紹介を始めた和也。その切り替えの速さに、スラちゃん1号とグラモはモイちゃんを目にすると、仰天した表情になる。

しかし、グラモはモイちゃんを目にすると、仰天した表情になる。

「か、か、和也様？　この芋虫は？」

「芋虫じゃなくて、モイちゃんだよ？」

「はっ！　失礼しました。そ、そのモイちゃんですが……」

信じられないといった表情でモイちゃんを見つめるグラモ。和也が不思議そうな顔をしているのに気付いて、グラモは慌てて説明を始めた。

「このモイちゃんは伝説のコイカです！　コイカが紡《つむ》ぎ出す糸は最高級品と言われております。しかし最近は個体が減ってきており、伝説と呼ばれる希少《きしょう》な生き物でして……」

「ひょっとして、糸ってこれ？」

和也が泥だらけになっているボールをグラモに手渡す。拠点に戻る途中の休憩で、サッカーボールの代わりに遊んでいたのである。

「いっぱいあるから全力で遊んじゃった」

「おぉぉ、伝説のコイカの糸がなんたることに……これだけあれば、魔王様の礼服が修繕《しゅうぜん》できたであろうに……」

「そうなの？　魔王様って服を着る種族なんだね。ということは今は裸族《らぞく》なの、魔王様って？　じゃあ寒くて仕方ないよね。可哀想だからボールをあげるよ。これだけあれば足《た》りるんだよね？　まだまだあるから全部持っていけー」

「は？」

勝手に魔王が裸だと勘違いした和也は、モイちゃん達からもらったボールをすべてグラモに差し出した。

「ごめんねー、モイちゃん達。人助け……魔族助けだからね。また、できたらちょうだいね。お返しにグルーミングをしてあげるからね！」

ボールを受け取って固まっているグラモを放置して、和也はモイちゃん達に話しかける。するとモイちゃん達は一箇所に集まって相談しだし、次々に糸を吐き始めた。

「うわあ、すごい！　ボールがどんどんと大きくなっていく！」

一匹あたりの吐き出す糸は少なかったが、バトンリレーのようにモイちゃん達はボールを次の仲間に渡していく。

最終的には、バスケットボールほどの大きさとなって和也に手渡された。

「すごいね！　こんなに大きくなるなんて！　え？　どうしたの？　スラちゃん4号？　このボールを俺の像の装飾《そうしょく》に使いたいの？　いや、これ以上すごくなってもなー。わ、分かったよ！　だから、そんな泣きそうな顔をしないでよ」

像の作成責任者であるスラちゃん4号が、和也からボールを受け取って満足げな様子を見せる。

その後、巨像にはアクセサリーが増え、そのことで魔族領の偵察部隊は混乱してしまうのだが、それはまた別の話……

24．グラモ、旅立つ

「モイちゃんの家はどうすればいいのだろう？　うーん」

　和也は首を傾げ、モイちゃん達を眺めていた。彼と同じように首を傾げるモイちゃん達に癒されながら考え続ける。

「モイちゃん達って蚕《かいこ》だよね、糸を吐くし。でも、蚕ってどういうところに住んでるんだろう？　小屋みたいなところで葉っぱまみれの箱に入って食事しているのしか見たことないけど……スラちゃん達はどう思う？」

　招集されていたスラちゃん達八匹は、和也からの質問に身を寄せ合って相談を始めた。触手が激しく動いており、激論《げきろん》が繰《く》り広げられているように見える。しばらく待っていると、十分ほどで決着がついたようだ。

　スラちゃん1号が触手を動かし、「小屋でいいかと思います。この子達は寒さに弱いので、火属性を持っているちびスラちゃん達を交代制で常駐《じょうちゅう》させますね。それと、糸を吐きやすいように作業小屋も作っておきましょう」といったことを伝えてくる。

　スラちゃん4号と5号が「私達が建築を担当します」という感じで触手を伸ばした。

「任せた！　そういえばグラモが魔王城に糸を持っていくと言ってたけど、お供《とも》はいらないのかな？　誰かついていく？」

和也がそう尋ねると、スラちゃん1号が触手を動かして事情を説明してきた。

「え？『私達が行くと相手がビックリするから、グラモが断ってきたって？』なんでビックリするの？　はっ、そうか、スラちゃん達が可愛いからだね！　いでよ！　万能グルーミング！　よし、スラちゃん達をどこに出しても確実にビックリしてもらえるように、今まで以上に綺麗にしとかないとねー。いつ誰が来ても大丈夫なようにしてやんよー」

和也は右手にタオル、左手に霧吹きを持つと、スラちゃん達を1号から順番にグルーミングしていった。そして、あっという間に八匹すべてをつやつやにした。

光輝く八匹のスラちゃん達を見ながら、和也は満足げに頷く。

「これで完璧！　そういえばスラちゃん達は八匹まで増えたけど、それ以上にはならないの？　ちびスラちゃん達なんて数えきれないくらいになってるよ？　最近は名付けも追いつかないんだけど」

ちびスラちゃん達の数は二百匹くらいまでは把握していたが、最近は数えられないほどになっていた。属性によって住んでいる場所がバラバラで、さらに役割のローテーションも頻繁にしているので、結局どれだけいるのか分からない状態だった。

「今は八匹でベストですよ。もっと和也様の領地が広がったら増えますね」という風にスラちゃん1号が触手を動かす。

「まあ、しばらくは拠点の拡張はいいかなー。今でも結構大きくて把握できてないからね。地方を見てくれる人がいれば広げられるだろうけど。そうなると人口も増えるよなー。今でも全員のグルーミングをするのに一苦労してるからね。増えるのは嬉しいけどなー」

そう呟いて悩ましそうにする和也を、スラちゃん達は微笑ましく見ていた。

そこへ、旅支度《たびじたく》を済ませたグラモが一族を率いて近付いてくる。

「おお、これは和也様。今から挨拶に行こうかと思っておったのです」

「ちょうど良かったよ。魔王様にお土産をと思ってね」

グラモがお土産と聞いて、首を傾げる。

「お土産ですか？　すでにモイちゃんの糸を頂いております。もちろん謝礼《しゃれい》は用意されると思っておりますが……」

「お礼？　いらないよ。そもそもモイちゃん達からのもらい物だからね。でも何かくれるというなら、モイちゃん達に用意してほしいな」

和也の欲のなさにグラモは感動し、目をウルウルとさせる。

そして一族に向かって言う。

「慈悲深いお心に、このグラモ感動いたしました！　皆の者！　これが和也様だ！　一層忠誠を誓うように！」

「「はっ！」」」

土竜一族から一斉に跪かれた和也は、わざとらしいくらい鷹揚《おうよう》に頷いた。

「うむうむ。これからも励《はげ》むように」

和也は冗談のつもりだったが、土竜一族からすれば国王の言葉みたいなものなので、彼らは本気でひれ伏していた。

「では、行ってまいります。二週間ほどで戻ってこられる予定です」

和也から魔王への土産を大量に預かったグラモは荷物を大事そうに抱えると、供《とも》の者に号令をかけて旅立っていった。

「喜んでくれると良いけどなー。俺が頑張って作った燻製とドライフルーツと弓矢だろ。それと、スラちゃん3号が作った俺の人形——いる？　ねえ、俺の人形って本当に必要だった？　スラちゃん3号がどうしてもと言うからグラモに渡したけどさ」

和也はブチブチと言いながら、グラモに渡したお土産の中身を思い出していた。

燻製は、最近狩っている大型の鳥の肉。ドライフルーツは、拠点で栽培したブドウやブルーベリーっぽい果物を干した物。スラちゃん3号が作った和也像は、拠点にある巨像を小さくしたデザインで、素材は最近採掘《さいくつ》したよく分からない金属を使っていた。

実はそれらお土産達が、マリエール達を驚愕させることになるのだが……

25．魔王城は大混乱

「グラモ、戻りました」

　魔王城にある謁見の間、ではなく魔王マリエールの私室に、グラモ、フェイ、マウントが集まっていた。グラモは名目上は追放と同じ扱《あつか》いのため、公衆の面前に彼を出すわけにはいかなかったから、こうした措置《そち》が取られているのである。

　四天王筆頭のフェイが問いかける。

「よく戻りました……と言いたいのですが、その前に質問があります。広場にある和也殿の像、ほぼ日替わりで装飾が変わっていますが、あれにはどのような意図があるのです？　空からの偵察部隊が混乱しているのですが」

　すると、グラモは少し言いにくそうにして答える。

「趣味です」

「は？」

「な……ん……だと？」

「え？　もう一回言って。趣味と言ったの？」

しばらく続いた沈黙のあと、フェイ、マウント、マリエールの三名が困惑した様子を見せる。

「はい。グラモは重々しく頷くと、さらに説明を続ける。

「はい。あれはスラちゃん4号殿が趣味で装飾しております。その日の和也様の様子を見て決めており、色々飾っているそうです」

「まさか、なんの意味もなかったとは……」

そう言ってマリエールは俯《うつむ》いたが、しばらくすると笑いだした。

「はっはっは！　我らが必死になっていたのが馬鹿らしくなるな。まさかエンシェントスライムの趣味だとは」

「ったく！　それならそうと連絡しろよ、グラモ！」

マウントは苦笑しながらグラモの肩を叩く。

「はっ！　申し訳ありません。しかし、それ以上に衝撃的なことがありましたので、このたび馳《は》せ参《さん》じた次第です」

グラモの言葉に、三名はギョッとした表情になる。

「なんだよ。何かあったのか？」

「魔王様にこちらを」

マウントの問いには答えず、グラモは預かっていたモイちゃん糸を取り出し、マリエールに手渡した。

マリエールは所持している鑑定《かんてい》スキルを使うと、そのまま硬直してしまった。

「マリエール様？　どうされました？」

フェイが尋ねてもマリエールは無反応だった。フェイが不思議に思っていると、マリエールはフェイにモイちゃん糸を手渡す。

「フェイ。これが何か分かる？」

「……綺麗ですが、特に魔力も感じません。この糸がどうかされたのですか？」

「コイカの糸よ」

マリエールの言葉に、再び沈黙が訪れた。フェイは手に持っている糸を見ながら、声を震わせてグラモに尋ねる。

「グラモ、これはどうしたのです？」

「和也様から頂きました」

フェイはぎこちなく頷くと、マリエールにモイちゃん糸を返した。マウントはその価値があまり理解できていないようで、気楽な感じで確認してくる。

「へー。それが伝説のコイカの糸か。確か最近は個体数が激減《げきげん》して採れないんだよな？」

「ええ。これだけの糸があれば、魔王様の礼服が修繕できますね」

「おお！　それほどか！　それはすげぇ！　ん？　どうした、グラモ。お前が持ってきたんだぞ？　お手柄じゃねえか！　運び屋をしただけかもしれないが、もうちっと嬉しそうにし――うぉぉぉ！　それ全部コイカの糸か⁉」

グラモが次々とモイちゃんの糸を取り出し、机の上にピラミッド状に積み上げていく。

それを見て、マリエールとフェイは呆然としていた。

グラモが淡々と報告する。

「はい、その通りです。和也様から魔王様へのプレゼントです」

「……新品で二着くらい作れそうだと思わないか？」

「そうですね。夏用と冬用を作りましょうか？」

マリエールとフェイは半笑いのまま話し合うが、魂が抜けたような表情になっていた。

「おいおい、正気《しょうき》に戻れよ。まあまあ、魔王様も良かったじゃねえですか」

あまり分かっていなさそうなマウントにフェイは長いため息を吐くと、丁寧に説明し始めた。

「いいか、マウント。この糸は絶滅危惧種《ぜつめつきぐしゅ》のコイカの糸だ。値段なんてつけられないのだよ。世界中を探索して集められる以上の量が、今ここにあると思ってくれ。そして、魔王様の礼服を修繕するのだったら、この中の一束《ひとたば》があればいい。そんな貴重な物を、これほどもらった私達は和也殿に何を返せばいい？」

「お、おう。それはすごいことですな……」

マウントが絶句《ぜっく》していると、グラモがさらに申し訳なさそうな顔をする。そして、彼は箱から何やら取り出し始める。

「マリエール様。コイカの糸は和也様から『困っているようだからあげる』とのことです。そしてこちらが和也様からのお土産です」

「は？　あげる？　うん、そうか。それはありがたいが……それとお土産？　燻製――伝説の鳥ヨダウチの燻製か⁉　こっちは秘薬作成に必須《ひっす》と言われている伝説素材レープグだな。どちらも最高品質だ」

「やけに冷静ですね。マリエール様」

鑑定を使って淡々と説明していくマリエールに、フェイが軽くツッコむ。マリエールは驚くことさえ諦めたのか、乾いた笑い声を立てる。

「ははは。もう驚きを通り越したんだよ。なんで伝説級の物が連発で出てくる？　で、この人形は和也殿を模した物だな？」

「その通りです！　それが和也様のお姿です！　凛々《りり》しく！　気高《けだか》き！　慈愛溢れるお方です！」

最後に、誇張《こちょう》されたイケメン和也像をグラモが誇らしげに説明する。

その勢いに若干《じゃっかん》引き気味の三名だったが、マリエールがそれを鑑定してみると、彼女は気絶しそうになってしまった。

「もう無理。あとはフェイに任せていい？」

「何を突然？　その像がどうかしたのですか？」

「ミスリルだ。この像はすべてミスリルでできている」

「……は？　へ？　はぁぁ⁉」

マリエールの言葉を聞いたフェイも気絶しそうになったが、なんとか正気を保つ。そして恐る恐るマリエールに問いかける。

「どうお返しを？」

「領土付きで、私とフェイを嫁《よめ》として返礼とするか？」

「それで足りますかね？」

投げやりになったマリエールの言葉に、フェイも乾いた笑い声を立てた。

26. 魔王城から拠点への帰還《きかん》

「それにしても、和也殿はイケメンだな」

「そうですね。これほど凛々しい方はなかなかいませんね」

マリエールとフェイが和也像を眺めながら、どこかうわの空といった様子で感想を言い合う。

ミスリルで作られた和也像は、魔力を通すと幻想的な光を放った。和也が見ればさすがに恥ずかしがって、「スラちゃん3号!?　何してくれてるの?」と叫んだであろう。

和也像をウットリと見つめる二人に、マウントが声をかける。

「魔王様よ。さっき和也殿へ返礼をすると言っていたがどうすんだ?　まさか本当に、領土と自らを差し出すわけないよな?」

「当然です。ましてや私も一緒などと……」

フェイがそう言うと——

「え?　フェイを送り届けるのは本気に近いけど?　だってフェイは相手がいないじゃ——」

マリエールは軽口《かるくち》を叩いたつもりだったが……今まで感じたことのないような殺気に襲われた。

背に吹雪《ふぶき》と雷の闘気を漂わせたフェイが、微笑みながらマリエールに近付く。

「マリー?　冗談にしてはタチが悪いし、本気だったら許さないわよ?」

「じょ、冗談よ。本気にしないでよ。やだなー。ははは一。じゃあ、グラモについていくのはマウントにお願いしようかな?」

「はっ?　俺?」

マリエールは冷や汗を流して愛想笑いをしつつ、気を取り直してマウントに命令する。

「四天王が一人、土のマウント。汝に無の森の主である和也殿に謝辞《しゃじ》を伝え、返礼の品を持っていくことを命じる。供は十五名とし、グラモ率いる土竜一族に案内をさせよ」

「は！　まあ、俺に任せてくださいよ。魔王様と筆頭が行ったら、本気で帰ってこないかもしれないからな。なあ、フェイ。相手がいないのだったら俺と——」

「それ以上言ったら、頭と身体を物理で引き離しますよ」

「おっかねえ。俺には嫁も子供もいるし、冗談だよ。まあ、また戻ったら飲みに行こうぜ」

再び冷気をまといそうなフェイの冷酷な言葉に首をすくめると、マウントは旅立つ準備のためにマリエールの私室から出ていった。

マリエールがグラモのほうに顔を向ける。

「グラモ」

「はっ！」

それからマリエールとフェイは、無の森や和也についてグラモから詳しい報告を受けた。ただ、あまりに情報が仔細《しさい》なので二人は若干引いていた。フェイが不審《ふしん》げに尋ねる。

「いや、本当に詳しいですね。でも、これってストーカーレベルじゃ——」

「いえいえ、我々が本気になるのも理由があるのです。より情報を集めた者が和也様からグルーミングを多めにしてもらえる権利を得られると決めているのですから！　この素晴らしい特典のために、皆は和也様の日常を見守っているのですぞ！　負けられない戦いがあるのです！」

グラモが目を輝かせて力説するのを横目に、マリエールとフェイは囁《ささや》き合う。

「私の知っているグラモじゃないけど？　どうしよう？　マリーはあまりグラモと接点はないよね？」

「ええ。よく知らないけど、普段と違うのは分かるわ……それほど和也殿のグルーミングというのはすごいのか？　私もしてもらえるのだろうか？」

「何を言ってるの!?　ダメに決まってるでしょ！」

呟くように小声で言ったマリエールに、フェイがすかさずツッコむ。フェイの言葉に頷きつつマリエールは、力説し続けるグラモの姿を見ていた。


その後。

「ぐははははー。よろしく頼むぞグラモよ。おい、お前達！　荷物はしっかりと持ったな？　これは魔王様から和也殿への返礼だ！　丁重《ていちょう》に運べよ。魔族の威信《いしん》がかかっているからな」

マウントが、荷物を馬車に積み込んでいる部下達に向かって声を上げている。

マリエールは返礼の品として魔族領で手に入る貴重な物の目録《もくろく》を用意しており、それは目録とはいえ、膨大な量になっていた。

「考えたなマリエール様も。これなら和也殿も好きな物を選べる。まあ、取ってくるのに時間がかかる物もあるが、和也殿なら待ってくれるだろう」

「そうですな。慈愛深き神の御使《みつか》いであられる和也様なら――」

「おい。なんかどんどんと和也殿の表現が仰々《ぎょうぎょう》しくなってないか？」

グラモの言葉にマウントは軽くツッコみながら、土竜一族に無の森への案内を指示する。

そして、自らの部下達には礼節《れいせつ》を忘れないように念を押した。

❖　❖　❖

「ただいま戻りましたぞ！　和也様！」

「お帰りー。思ったよりも遅かったけど問題でもあった？　あっ！　ひょっとしてモイちゃん糸が足りなかった？　あれだったらさらに三十個くらい作ったから追加でプレゼントできるよ？　ふっふっふ、それよりも……いでよ！　万能グルーミング！　まずはお帰りグルーミングだよねー。古傷のノミ痕《あと》が悪化していないかチェックしちゃうよー」

「うぉぉぉぉ！　なんたる光栄！　なんたる至福！　ありがとうございます！　和也様からこのような熱烈な歓迎を受けるなんて、このグラモいつ死んでも構いませぬ！」

「死んじゃったら困るよー」

和也は、周りを気にすることなくグラモを抱きしめる。そして、万能グルーミングで出した先端《せんたん》が柔らかいブラシで、グラモの身体を撫でた。

グラモは気持ちよさのあまり、部下には見せてはいけない顔になっている。

和也とグラモのやりとりを羨ましそうに見る土竜一族に対し、マウントとその部下は唖然としていた。マウントが声を絞り出すようにしてグラモに話しかける。

「……いやいやグラモ。さすがの俺でも引くぞ？　返礼の品を持ってきた使節の責任者として、俺に挨拶させろよ」

「あ。そういえば一緒でしたな」

「おい、マジでしばくぞ？」

マウントは頬を引きつらせつつ、怒るのを自制して愛想笑いを浮かべた。そして、和也に手を差し伸べて挨拶をする。

「初めまして、和也殿。俺は四天王の一人、山のマウント。今回は、魔王マリエール様の名代《みょうだい》として、無の森の主である和也殿に魔王様からの親書と返礼の品を持参いたしました。我が主は変わらぬお付き合いを望んでおります」

「よろしくー。俺の名前は和也。エイネ様に別の世界から送られてきたんだよ」

和也は笑顔でマウントの手を握ると、さらっと「エイネ様に別の世界から送られてき

た」という爆弾発言を放り込んだ。本人はどれだけのインパクトがあるか自覚しておらず、軽い挨拶のつもりだったのだが……

　マウントは目を見開いて言う。

「……は？　い、いや失礼した。そ、その、和也殿は創造神であるエイネ様に召喚された御方《おかた》だと？」

「確か……『生き物との架け橋』とか『我の力の一端を与える』とか、そんなことを言われた気がするけどよく分かんないや。召喚されたんじゃなかったと思うよ？　ポメちゃんを助けて『優しい人だと思った』とか言ってたし」

「……ポメちゃん？　それはおいておいて、創造神であるエイネ様の力の一端を分け与えられている？　ということは、今代《こんだい》の勇者ではないのか？」

「どうしたの？　さっきからブツブツ言ってるけど大丈夫？　それにしてもマウントは大っきいよねー。二メートル以上あるかな？　グルーミングしてもいい？」

　マウントが独《ひと》り言《ごと》のように呟いていると、和也が身体をペタペタと触っていることに気付く。和也の言う「メートル」という単位は分からなかったが、自分の大きさを自慢に思っているマウントは嬉しそうに答える。

「そうですな。俺の身体は先祖であるベヒーモス様の力を色濃《いろこ》く受け継《つ》いでいるのですよ。それと、グルーミングってのはグラモにしていたやつですな？　魔王様も気にされていたので、和也殿さえ良ければ俺にも――」

マウントがそう言おうとすると、今まで沈黙を守っていたスラちゃん1号が自然な感じで和也とマウントの間に入ってきた。

和也はちょっと驚いたが、満面の笑みを浮かべて万能グルーミングで手袋を出す。

「そうだったね。今日はスラちゃん1号が最初だったね。グラモに先にしちゃったけど――え？　グラモは頑張って帰ってきた仲間ですからいい？　もう！　本当に優しいよね。あ、でもマウントはどうしよう？　うんうん。分かったよ」

マウントの目には、和也がスライムに一方的に話しかけているようにしか見えなかったが、二名の間で何か会話が交わされる。

続いて、マウントを囲むように他のスラちゃん達も集まってきた。どうやらグルーミングをされにやってきたようだ。

「エンシェントスライムが八匹だと！　おい、グラモ。報告では六匹だったはずだぞ？」

「私も最近知ったのですよ。スラちゃん殿達は普段別の拠点に常駐されているので、こうして八匹すべて集まっているのはレアですな」

「他人事《ひとごと》か！　何、感心してるんだよ。俺にはエンシェントスライムの言葉が分からん。教えてくれ」

マウントとグラモの会話を聞いていた和也は、スラちゃん1号へのグルーミングを途中で止めて、不思議そうな顔をする。

「あれ？　スラちゃん達の言葉が分からないの？　まあ、言語は色々あるからねー。スラちゃん達は『歓待《かんたい》するので、マウントさんと部下さん達は宴会場でご飯を食べてください』だってさ」

「げ、言語？　は、はあ。分かりましたよ。おい、エンシェントスライム殿の案内に従うぞ。グラモも一緒に来い。まだ説明が抜けているところもあるだろ！　飯を食いながら補足しろ」

　スラちゃん1号のグルーミングを再開させた和也を、摩訶不思議な生き物を見るような目で眺めていたマウントだったが、他のスラちゃん達の案内で宴会場に向かった。

「おい。なんだこの量は？」

「どうやら普段の食事にプラスして、マウント様達を歓待する量が追加されたようですな」

　山盛《やまも》りの肉に唖然としているマウントに、グラモが説明する。

　普段の食事よりは豪華にしているとのことだったが、そういう次元ではなかった。マウントはよだれを流さんばかりになっている。

「量もすごいが、伝説級肉のオンパレードじゃねえか。さすがは無の森だな。もうどうでもいいや。とりあえず飯を食おうぜ。何？　酒まであるのか？　どうなってんだよ？……うめぇぇぇぇ！　やっぱ伝説級だな！　酒はどんな感じだ？　ぬぁぁぁぁ！　なんじゃこりゃ！　この芳醇《ほうじゅん》で濃厚《のうこう》で鼻腔《びこう》をくすぐる爽やかな感覚。そして身体に酒精《アルコール》が巡《めぐ》るのが分かる陶酔感《とうすいかん》。やべえ、これは他の酒が飲めなくなる。おい！　お前達も早く食え！　こんな飯は二度と食えねえぞ！　魔族領に戻ったら一生の思い出として仲間に自慢しろ！　それだけの価値がある。うほぉぉぉ！　こっちの肉も噛めば噛むほど味が溢れ出して――」

狂喜乱舞《きょうきらんぶ》しながら肉を貪《むさぼ》るマウント。部下達は生唾《なまつば》を呑み込んで仲間同士で頷き合うと、マウントに負けない勢いで猛烈《もうれつ》に食事を始めた。

27．もてなしは続くよ

「がーはっはっは！　なるほど！　和也殿はそこまでの御仁《ごじん》か！　捕らえられていたハイドッグとハイキャットを自ら軍を率いて助けたと。敵はゴブリンだったと言っているが、魔石を見るとゴブリン特殊個体の群れだな。それほどの群れを一掃できるとは……エンシェントスライム殿は素晴らしい。おい！　お前達も飲んでるか！」

「マウント様。食べて飲んでおりますが、そろそろ仕事を――あいたっ」

諫《いさ》めようとする副官の頭を、マウントは力強く叩いた。

「馬鹿野郎！　仕事なんてあとでいいんだよ！　しばらく歓待を受け――情報収集をしようじゃないか！　なんならお前が魔王様への伝令として先に帰るか？」

「お断りします！　私は伝説の鳥であるヨダウチの燻製を肴《さかな》に酒を飲んできますよ！　上司がやる気ないのに、俺だけ真面目に仕事なんてやってられるかよ！」

副官は段々馬鹿らしくなってきたので、頭に乗ったままのマウントの手を振り払って自分も酔《よ》ってしまうことにした。

副官は部下達に声をかける。

「無礼講《ぶれいこう》だ！　和也殿が来るまでに出された飯を食い尽《つ》くすぞ！　魔族の礼儀を見せてやれ！」

ちなみに、出された料理は食べ尽くす、そして最後に飲み物を残して歓談《かんだん》する、というのが魔族の礼儀であった。しかしマウントの部下達は、次々と出される圧倒的な量の料理に抗《あらが》うことができず、敗北を喫《きっ》してしまうのだった。

「グラモ。ここからはサシでの話だ。和也殿は何を考えておられる？」

周りにグラモしかいないことを確認したマウントは、さっきまでの酔った姿が嘘のように、真剣な表情でグラモに問いかける。

「マウント様が和也様の戦力について警戒なされているのは重々に承知しております。何せ、エンシェントスライムにハイドッグとハイキャット、フェンリルモドキにハイクラススライム。そこに、我ら土竜一族が参加しておりますからな」

「そこまで分かっているなら構わねえ。戦力だけじゃねえぞ。この伝説級の肉に、コイカの糸。ミスリルの像を気楽にプレゼントできる財力。他にも数え上げればキリがねえ」

マウントはそう言うと、ハイクラススライムことちびスラちゃんが運び込んでくる料理の数々を眺めながらため息を吐いた。ここまで派手に歓待されると、圧倒的な財力を見せつけられているようで、逆に怖くなったのである。

そんなマウントの気持ちをグラモは推し量《はか》《お》ったうえで言う。

「マウント様の心配されているようなことはありません。つまり、和也様は世間知《せけんし》らずです。本当に何もご存じない。ここの肉が伝説級なのも、コイカの糸がどのような物なのかも。そういえば、初めてコイカの糸を見たのは、和也様がボールのように蹴りながら遊ばれているときでしたな」

「は？　コイカの糸をボールのように蹴って遊んでいた？」

マウントはそう言うと、口をあんぐりと開けたまま唖然としてしまった。

「そうです。私も最初はマウント様と同じ顔になりましたよ。それで今度は、コイカの糸を魔王様にプレゼントです。どれだけ和也様が世間知らずか分かるでしょう？」

グラモの言葉に頷きながらも、マウントは和也の危うさを認識し始めていた。

今は交流する者が限られている状態だ。魔族領では魔王マリエールの監視《かんし》の下、無の森へ行くことは厳しく制限されている。

しかし、魔族ではないもう一方の勢力はそうではない。

「人族側が和也殿に接触するのは危険だな。すべてむしり取られるか、奴隷《どれい》にされるか、最悪、暗殺《あんさつ》されるかもしれない」

「かもしれませんな。スラちゃん殿達がそれを許すとは思いませんが。ただし暗殺となると、可能かもしれません」

元諜報部隊の長であるグラモの言葉にマウントは納得する。実際に過去の魔王は、何度も人族側に暗殺されていた。

「たくっ！　人族も俺達みたいに力こそすべて！　とすれば良いのによ。分かりやすくていいじゃねえか」

「粗暴《そぼう》に見せかけて相手を油断させる、そんな謀略家《ぼうりゃくか》筆頭のマウント様のお言葉とは思えませんな」

「言うようになったじゃねえか、グラモ」

二人はニヤリと笑い合うと、和也の扱いについて魔族側としてどうするか検討を始めた。

「楽しんでる?」

「おお! これは和也殿! ここの飯は美味いですな! それとなんといっても酒! これほどの高級な酒を飲んだことはありませんぞ! 土産に持って帰りたいくらいですなー。がーはっはっは」

スラちゃん達のグルーミングを終えた和也が宴会場にやってきた。

マウントの部下達は、宴会場のあちらこちらでお腹を膨らませて倒れていた。満足げな表情をしつつも、食べきれなかった料理の山を見て悔しそうな表情を浮かべている。

「美味しかったなら良かったよ。悔しそうな顔をしているのは、家族へのお土産がないからかな? だったら、いっぱいあるから持って帰ってよ。スラちゃん1号、お土産の手配もお願いね」

和也が一緒に宴会場へ来ていたスラちゃん1号にそう頼むと、スラちゃん1号は「分かりました。皆さんが喜んでもらえる量がどれくらいかは分かりませんが」との感じで触手を動かした。

❖ ❖ ❖

「あれほどの酒を所持していながら、輸出される予定はないのですかな？」

マウントはそう言って交易の可能性を打診《だしん》してみる。すると和也は、スラちゃん1号のほうに顔を向けた。

「どうなの？　スラちゃん1号」

スラちゃん1号は「一ヶ月に二樽ほどでしたら可能ですね。ただ値段はそちらで考えてください」と言わんばかりの触手の動きをした。

スラちゃんがなんと言ったのか分からずマウントが困った顔でいると、和也が説明をしてくれる。

「量は少しなら大丈夫だけど値段は分からないから、そっちで決めてほしいだって」

マウントは頷き、まずは小さな樽でいいのでサンプルとして用意してほしいと告げる。

それを聞いたスラちゃん1号は、近くにいたちびスラちゃんに帰りの馬車に積み込むように命じた。

続いて、和也がマウントに言う。

「じゃあ今度は、俺のお願いを聞いてくれるかな？」

「当然ですな。ここまで歓待してもらったのです。どのような願いでも魔王様にお伝えしましょう」

そう言ってニヤリと笑ったマウントだったが、次の和也の言葉に呆気に取られてしまう。

「ん？　魔王様に伝言はないよ。『これからも仲良くしてね』くらいかな？　それよりも、マウントは変身できるって聞いたけど本当？」

「え？　は、はあ。かなり大きくはなれますな」

「五メートルくらい？」

「その単位は分かりませんが、今の倍以上にはなれるかと。俺の本性《ほんしょう》が見たいということですかね？」

マウントの言葉に和也は嬉しそうに頷き、催促《さいそく》する。

「そう！　つまり俺の像くらいにはなれるってことでしょ⁉　それは、グルーミングしがいがあるよね！　いでよ！　万能グルーミング！　こんな感じの特大ブラシで対応したいんだけど？　外のほうがいいかな？　この温度なら寒くないと思うけど？」

和也が大きなブラシを持って嬉しそうにするので、マウントは笑って答える。

「は？　グルーミングしたいだけ？　……いや。別に暑さ寒さに負けるようなひ弱《よわ》な身体はしてませんけどね。まあ、グルーミングをしてくれるなら外に出ますよ。でも本当にいいのですか？　かなりの大きさですよ？」

「大丈夫！　俺の真の力を見せてあげるよ！」

「ほう」

和也の「真の力」の部分に反応したマウントは、これで和也の能力に関する情報が収集できるとも感じ、和也とともに拠点の広場へと向かった。

「ここならいいだろう。もう一度聞きますが、本当にいいのですか？」

「武士に二言はない！」

和也は、マウントには理解できない啖呵《たんか》を切ったが、マウントはそれで問題ないと判断し、力を解放する。

「じゃあ、少し離れてくださいよ。ぬぉぉぉぉぉ！」

一同が離れたことを確認したマウントが、先祖から色濃く受け継いでいる能力を解き放つ。徐々に身体が大きくなり筋肉が盛り上がると、彼は四《よ》つん這《ば》いになった。

「おお！　すごい！　ロボットの変形シーンみたいだ！」

手を叩きながら大喜びする和也を視界に入れつつ、マウントはさらに力を解放していく。

どんどんと大きくなっていくマウントに、周りの者は恐慌《きょうこう》状態になっていた。慌てて逃げだす者や、髪を逆立《さかだ》てて威嚇する者、唯一動じていないのはスラちゃん達だけだった。1号を中心に和也の周りを囲み、王を守る近衛《このえ》騎士のようになっていた。

もはや化け物となったマウントが言う。

「これが俺の本当の姿。四天王として働くようになってからは初めて見せる姿ですな。お気に召《め》していただけましたか？　和也殿」

「もっちろん！　こんなに格好良くなるなんて思わなかったよ。さっそくグルーミングをしていくね！」

和也は用意していた万能グルーミングで出した大きなブラシを、同じく万能グルーミングで出したバケツに漬《つ》ける。このバケツの水は魔物の体質に合わせた効果が表れるらしい。バケツから水をすくってマウントにかけてみると、体表が少し柔らかくなったようだった。

「いくよー」

和也は掛け声とともに、ブラシで水をかけた場所を重点的にこすり始める。

「ん？　んん……？　な、なんだ？　この感触は⁉　どんな攻撃にも動じない皮膚《ひふ》が！　歓喜を表しているのか⁉　おおおおお！　なんだこれは！　うほぉぉぉぉ。そこ！　そこを重点的に！　な！　なんで止め――止めるとみせかけて戻ってきたー。ひょぉぉぉ！」

あまりの気持ちよさに立っていることができず、変な声を発しながら倒れ込んでしまうマウント。その巨体が完全に倒れると、広場一帯を揺らすような地響きが起こった。

「ほうら！　ほらほら！　ここだろ！　ここが良いんじゃろ！　分かっておる！　俺には分かる。マウントがこすってほしいところが手に取るように分かるぞ！」

「ぬぁぁぁ！　負けん！　そのような、こすられる程度で俺が喜ぶとでも思ったか！　四天王の底力を見せてくれるわ！」

どう考えても強がりを言っているとしか思えない発言をするマウントだったが、和也はその言葉で本気になってしまったらしい。

和也は真剣な目になると、万能グルーミングでもう一つのブラシを出して叫んだ。

「その挑戦受け取った！　二刀流を使った俺の全力、味わうがよい！」

この後、一時間近く続いた攻防はマウントの完全敗北で終わり、彼は部下達に見せられないような表情を浮かべることとなった。

28．マウントの決断

「ぬぉぉぉぉぉ。こ、ここまでか……くっ！　あとはお前達に任せた。魔王様には『我、人生に後悔《こうかい》なし。力を解放して敗れたうえは是非《ぜひ》もない。あとは頼んます』と伝えてくれ――」

元のサイズに戻ったマウントが、苦悶《くもん》に満ち溢れた調子で副官に言う。しかし、その顔はなぜか満足感に包まれていた。

「……いやいや。何を言ってるんです？　嫌ですよ。『四天王の一角であるマウント様がグルーミングの気持ちよさに敗れて、和也殿の軍門《ぐんもん》に下られました！』って、そんな報告を私がマリエール様にするのですか？　マウント様が勝手にやってくださいよ。おい、お前達も相手にするなよ……もういいや、飲み直そう」

副官は吐き捨てるようにそう告げると、部下達を連れて宴会へ戻っていった。

そんなやりとりを楽しそうに見ていた和也が、寝そべったままのマウントに話しかける。

「満足してくれた？　大きな身体をグルーミングできて大満足だよ！　マウントみたいな筋肉ムキムキの身体をブラシでこするのは新鮮だったから定期的にしたいね」

「おお。またしてくださるのか。それはありがたい。今まで手が届くことのなかった場所をこすってもらえて身体もつやつやになりました。人生で最高の時間でしたよ。俺ならいつでもグルーミングを受けますから」

和也の言葉にマウントがそう言うと、スラちゃん1号が「ちょっと待ってください。グルーミングは和也様しかできないご褒美です。それを賓客《ひんきゃく》とはいえ、マウント様ばかりしてもらうのは許容《きょよう》できません」との感じで触手を動かした。

ふと、マウントが眉根《まゆね》を寄せる。今までならエンシェントスライムが伝えようとしていることなどまったく分からなかったはずなのだが――

「え？　エンシェントスライム殿の言葉が理解できる……」

「通訳なしで分かるようになったの？　うーん。分かった！　俺がグルーミングしたから、家族みたいな感じで、以心伝心《いしんでんしん》できるようになったんだね！」

「は？　そ、そんなものですかね？　え？　本当に？　エンシェントスライム殿の言葉が――え？　スラちゃん1号と呼んでほしいと？　マジか。本当に言葉が分かるじゃねえか」

ちなみに、これは創造神エイネが万能グルーミングに込めた能力で、和也がグルーミングをした者達同士は意思疎通《そつう》ができるようになるというものだった。

突然起こった現象にマウントは戸惑ったが、考えても仕方ないので、すんなりと諦めることにした。

「しゃあねえ。考えても分からねえなら考えるだけ無駄だな。それにしても……」

気付くと和也はその場におらず、副官を捕まえてグルーミングをしていた。

マウントは、改めて和也の能力のすごさを理解した。彼は魔族への忌避感《きひかん》も持っていない。むしろ過剰《かじょう》なほど好意を抱いている。

だからこそ、マウントは心配になった。

「真剣に人族が介入《かいにゅう》しないように保護する必要があるな。それにしても……副官《あいつ》も耐えられてねえじゃねえか」

よだれを流さんばかりの表情でグルーミングを受けている部下を見ながら、マウントは苦笑した。

❖　❖　❖

「嫌です！　俺が残ります！」

「何言ってんだよ。ジャンケンで負けたじゃねえか。大人しく帰れや。がーはっはっは！」

「こっちの世界にもジャンケンってあるんだ」

地面に両手をついて号泣《ごうきゅう》する副官を見て、マウントが豪快に笑っている。そんなやりとりを目にしながら、和也が感心したように呟いていた。

泣き腫《は》らした目で副官が訴える。

「あんた、四天王でしょうが！」

「土の四天王マウントからの命令だ。副官、お前は魔王マリエール様にこう報告するんだ。俺がここに残って親善大使として常駐すると」

「汚《きたね》え！　こんなときだけ四天王の権力を使いやがって！　ちきしょうー」

「あ、あと、俺の嫁さんと息子にもこっちに来るように言っといてくれや」

「職権濫用《しょっけんらんよう》するなや！　絶対に言わねえからな！　俺も和也様の側にいたいー」

すでに副官はマウントへ敬意を払うことをやめていた。

そこへ、和也が近付いてくる。

「ここのことが気に入ったみたいで嬉しいよ。お土産をあげるから、そんなに悲しまないで、また来てよ」

「え？　か、和也様？」

副官は、和也からお土産として手渡された人形を見て固まってしまう。それは可愛らしいぬいぐるみであり、モデルは和也らしかった。

「イーちゃん達がぬいぐるみ作りを始めてさ。これは二体目に完成したやつなんだよ。一体目は俺が持たないと駄目だって言われてるから、二体目をあげるね。俺のぬいぐるみで申し訳ないけど……モイちゃんの糸を加工して布にして作ってるから丈夫だよ！」

「何をおっしゃいますか！　おぉぉぉ！　和也様だ！　家宝《かほう》にします！　和也様のご慈悲に最大限の祈りを！」

和也の手を握りしめ、副官が大げさに号泣する。

その後和也は、マウントの他の部下達に余っている燻製や酒などを気前よく渡していった。副官がまた大声を出す。

「お世話になりました。頂いた家宝は大事にします。和也様、また来ますから！　絶対に来ますからね！　くそぉぉぉ！　次までにじゃんけんの腕を上げておいてやるぅぅぅぅ」

泣きじゃくる副官に、マウントは呆れたように言う。

「おいおい。上司である俺への挨拶は？」

「は？　ふざけるなですよ！　すぐにマリエール様に現状を話して、親善大使を交代してもらうからな！　首を洗って待っててやがれください！」

今回和也のもとを訪問した人数十五名のうち残留《ざんりゅう》組は五名。残りの十名は魔族領へ戻ることになった。残留組は満面の笑みを浮かべていたが、帰国組は帰国組で和也からお土産をもらったというのもあって、表情は暗くなかった……副官を除いては。

マウントが邪険《じゃけん》に手を振って副官を追い払おうとする。

「ほら、早く行った行った」

「本当はマウントも寂しいんだろ？　副官さんも短い間だったけど楽しかったよ。また遊びに来てね。今度は一番にグルーミングしてあげるよ」

和也が笑いながらそう言うと、副官が感激して声を上げる。

「本当ですか！　分かりました！　すぐにでも、こっちに来られるように交渉します。こうしちゃいられない！　早く魔王城に行かないと。おい、ぐずぐずするな！　出発するぞ！　和也様、しばしのお別れです。どうかご壮健《そうけん》で！」

「うん、待ってるよ！　みんなも元気でねー」

「「はっ！　ありがとうございます」」

和也の一言一言に、帰国組の面々は大げさに感動するのだった。

そして、彼らを乗せた馬車は進んでいき、あっという間に見えなくなった。

「行ったねー。長い宴会だったけど楽しかったなー。それでマウントの住居はどうしようかな？　新たに場所を切り開かないと――って、どうかした？」

マウントの部下の馬車が見えなくなるまで見送っていた和也がそう呟くと、突然マウントが跪いた。

そして、恭《うやうや》しく告げる。

「無の森の主である和也殿。このたび親善大使として着任したマウントと申します。何とぞよろしくお願い申し上げます」

「ふははは！　よくぞ参ったマウント殿。これからもよろしく頼むぞー」

マウントの大仰《おおぎょう》な挨拶を冗談だと受け取った和也は、同じく大げさに冗談で返した。マウントは真面目だったのだが……

そんなやりとりのあと、マウントがさっき和也が言いかけた住居について言う。

「俺の住むところですが……和也殿の許可を頂けるなら、ここから東に進んだ場所に砦《とりで》――大使館を作りたいと思ってます。定期的に挨拶に伺《うかが》いますのでご安心ください」

「分かった。ちなみに建物を作るのに人員は何名くらいいる？　スラちゃん１号、マウントさんが住居を作るのに必要な人員を出してあげてよ。できるよね？」

和也にそう尋ねられ、スラちゃん１号は「当然です。では、スラちゃん７号と８号を出しましょう。その他にも犬獣人と猫獣人を五名ずつ、ちびスラちゃん達を百匹ほど付けましょう」との感じで触手を動かした。

「やっぱり、スラちゃん1号殿の話している意味が分かるようになってるな」

マウントはそう呟いて不思議そうにしていた。ともかく建築のため人材派遣してもらえるのは助かるので、マウントは和也とスラちゃん1号に謝辞を伝えた。

❖　❖　❖

「じゃあ、マウント達は無事に東の場所に住居を作ったんだね。しばらく領地は拡張しないつもりだったけど、あっという間に広がったなー。スラちゃん3号。拠点と離れている場所への街道整備を頼んだ！　簡単に行き来できるように道を綺麗にしといてね！」

スラちゃん3号が「分かりました。お任せください」と触手を動かす。

和也は万能グルーミングで手袋を出し、スラちゃん3号を撫でてあげた。それを見た他の者達は、和也に褒めてもらおうとそわそわしだす。

「おお、なんかみんなやる気出してるねー。俺も何かしようかな？　スラちゃん1号。俺に仕事ない？」

和也の無茶振りに、スラちゃん1号はしばらく考えると、「この際、ご自身の領地の視察に行くのはどうでしょうか？」と触手を動かして伝えた。

「それいいね！　みんなの頑張りを見に行こう！」

テンションが高くなった和也はスキップするように準備を始める。そして、自分の部屋に溜め込んでいたお土産を袋いっぱいに詰めると。さっそく馬車に乗り込んだ。

「れっつらごー！」

和也が声をかけると、馬車がゆっくりと動きだす。

馬車といっても馬ではなく犬獣人達が引いており、馬車というよりも人力車だった。

「うわー！　すごい！　みんな力持ちだねー」

「きゃうきゃう！」

「きゃうー」

「きゃい！」

「はっはっは！　楽しいの？　そうなんだ、俺も楽《らく》ちんで助かってるよー」

和也が感激していると、犬獣人達も機嫌良く馬車を引き続けた。

29．和也の視察が始まる

「おおー！　早い早い！　すごいねー。みんなの力が伝わってくるよー。到着したら労《いた》わりのグルーミングをしてあげるね！」

「きゃう！」

「きゃううう！」

「きゃうん？　きゃう！」

　和也の激励に、人力車を引っ張る犬獣人達が恐ろしい勢いで反応する。彼らは身体からオーラが見えるほどやる気を漲《みなぎ》らせると、飛び跳ねるように引っ張りだしたのである。

「ちょっ！　まっ！　待って！　そんな勢いで引っ張ったら揺れる！　うぇぇ！　き、気持ち悪く――痛ぃ！」

整備されているとはいえ街道は平《たい》らではない。

人力車は転がっていた石に乗り上げて大きく弾みながら、すごいスピードで進みだした。その勢いで和也は天井に何度も頭をぶつけてしまう。

スラちゃん1号が触手を動かして「和也様がグルーミングすると言ったからですよ！」と伝えてくる。そして興奮状態の犬獣人達へ触手を伸ばすと、パチンパチンと叩いていった。

「ぎゃううう！」

「わふぅぅ！」

「くーん」

犬獣人達が悲鳴を上げ、人力車が停止する。

犬獣人が叩かれた方向に目をやると、スラちゃん1号が触手を動かしているのが見えた。

犬獣人達は顔を見合わせて何度も頷くと、さっきまでとは打って変わってゆっくりと引っ張り始める。

スラちゃん1号が触手を動かし、「そう、それでいいのですよ。和也様は大丈夫ですか？あら、こんなところにたんこぶがあるじゃないですか。もう少し見せてください」との感じで和也の後頭部を撫でる。

「うう。痛かったー。ごめんよー。スラちゃん1号。あまり皆が興奮するようなことは言わないようにするよ。でも、グルーミングは到着したらしてあげるからね。その調子でゆっくりと進んでくれるかな？　周りの景色も見たいからね」

頭をさすりながら和也が告げると、ションボリした表情だった犬獣人達は笑顔になった。


その後、景色を楽しみながら進んだ。

しばらくして、最初の訪問予定地である元ゴブリンの洞窟にやってきた。洞窟周辺の雰囲気は以前と大きく変わっている。

「あれ？　なんか村っぽくなってるね。柵《さく》とか門まであるし。スラちゃん3号が作ってくれたのかな？」

和也が門を見上げながら呟くと、門番の犬獣人がやってきて敬礼《けいれい》をした。そして遠吠えをして門を開けてくれる。

「開けてくれてありがとう！　しっかりとした村になってるね！　あ、言い忘れてた。門番、お疲れ様。これからもよろしくね。これはお土産だよ！」

和也が人力車から降りて、門番の犬獣人に干し肉を差し出す。

犬獣人は勤務中なのでもらってもいいか悩んでいたが、スラちゃん1号の触手が動いて許可を出したのを見ると勢いよく食べだした。

「うわぁ！　俺の手まで食べないでよー。うりうり、本当にありがとうねー。まだまだあるよー」

和也が門番の犬獣人を撫でると、彼は大喜びした。そして、干し肉を食べ終わって何もないはずの和也の手を舐め続けた。

和也は鞄から追加の干し肉を取り出し、他の犬獣人達にも渡していく。

「きゃうううぅ！」

「わんわん！」

「わふーー！」

「え？　和也様？　わー和也様だー」

犬獣人に交じって、この地に移住していた土竜一族達も現れた。洞窟の村の誰もが和也達を歓迎してくれた。

それどころか、和也の訪問に村はパニック状態になってしまった。和也の周りには人だかりができ、和也はもみくちゃにされてしまう。

「ありがとう！　これほど歓迎してもらえるなんて嬉しいよ！　順番に皆をグルーミングしていくからね。あっ、でも、人力車を引っ張ってくれた子達が先だ。皆のグルーミングができるようになったら声をかけるから！　それまではいつも通りに仕事をしててほしいな」

和也の言葉に一同は大きく頷く。そして、競い合うように仕事を始めた。

一所懸命に仕事に打ち込む住人達を見ながら和也は満足そうに頷くと、人力車を引っ張ってくれた犬獣人達を順番にグルーミングしていった。

「ふー。満足したー。あとは、視察が終わったらまたグルーミングタイムかな？　あー！　忘れてたー！」

和也が突然叫んだので周囲の視線が集まる。和也は手に手袋を装着すると、スラちゃん1号に近付いていった。

「御者《ぎょしゃ》をしてくれてありがとう。お礼にグルーミングしてあげるね」

スラちゃん1号は「あらあら。私は御者というほどのことはしていませんよ？　ですが、和也様のグルーミングを断る理由はありませんので、喜んで受けさせてもらいます」との動きで和也に身を委ねる。

「ふっふっふ。マウントを磨き上げたことで成長した力を、スラちゃん1号にも見せてあげよう！」

和也はそう言って高笑いすると、スラちゃん1号の身体を思う存分に撫でていく。

その後、スラちゃん1号は光り輝かんばかりにつやつやになった。そんなスラちゃん1号の姿を見て、和也は満足げに頷く。

太陽光が身体に反射してきらきらと光り、スラちゃん1号は神々《こうごう》しさすら感じさせる佇《たたず》まいになっていた。

「うん完璧！　さすが俺！　ここまでグルーミングができるようになるなんてね！　自分の才能が恐ろしい」

気持ちよさのあまり正気を失いそうになっていたスラちゃん1号だったが、ゆっくりと触手を動かし、「これはヤバいです。このレベルのグルーミングをされると、何かに進化しそうです」と伝えてきた。

「はっはっは。そんな、大げさだよ。でも確かに、俺のグルーミングテクニックも上がってきてるから、本当にスラちゃん1号は進化するかもね！」

スラちゃん1号の感想に気を良くした和也は、改めて周囲を眺める。

以前は粗末な小屋があるだけだったが、今では木々が綺麗に伐採され、立派な家が複数立ち並んでいる。ここでは犬獣人や土竜一族が生活しており、妊娠《にんしん》している者も多くいるらしい。

洞窟は現在、採掘中のようで、入り口からは絶《た》えず砕《くだ》かれた石が運び出されていた。

「中に入っても大丈夫かな？」

洞窟に興味を持った和也が近くにいた犬獣人に問いかけると、その犬獣人の子は大喜びで頷き、和也の手を引っ張った。

洞窟の中は、以前に比べて格段に拡張されていた。さらに、蛍光灯《けいこうとう》のような物があちこちに設置されており、洞窟内とは思えないほど明るかった。

「ちびスラちゃんが詰め込まれてるわけじゃないんだよね？　え？　光属性を持っているちびスラちゃんの溶解液が入ってるんだ？　へー。そんなことができるんだね。俺の部屋にもあれば便利なのになー」

和也の呟きを聞いたスラちゃん1号は、近くにいたちびスラちゃんに目配《めくば》せするような動作をする。理解したちびスラちゃんは、ちびスラちゃんの溶解液が入ってた物を、和也の乗ってきた馬車へと運ぶのだった。

和也はさらに周囲を見回す。

「へー。部屋も増えてるし大部屋もあるんだ。あれ？　ここは作業部屋なの？　あー、ここで人形の材料が採掘されてるんだねー」

和也は感心した様子で、作業現場を眺める。

そこでは、採掘された原石をちびスラちゃんが取り込んで、石と各種鉱石に分離する作業がせっせと行われていた。

「器用だねー」

和也は気楽に言ったが、実はこの作業は鉱山関係者が見れば卒倒《そっとう》レベルのものだった。これほど効率よく鉱石を取り出す方法は、この世界に存在していなかったのだ。

そこでふと、和也がひときわ輝く鉱石を見つけて手に取る。

「何？　この小さいビー玉みたいなやつ？　いつも人形の材料にしているのとは違う感じだね」

それは、和也人形に使っているミスリルよりも光り輝いていた。

和也からの質問に、分離担当のちびスラちゃんは作業を止めて考え込む。他の犬獣人達やスラちゃん1号もよく知らないようだった。

その鉱石は実は、ミスリル以上に貴重な伝説の鉱石——オリハルコンだった。和也の感想としては綺麗なビー玉だったが……

「これもらっていい？　ものすごく綺麗だね！　今度誰か遊びに来たら、これをお土産に渡そうかな。小さいけど綺麗だから喜んでくれるよね。あ、もし何かで使っているんだったら無理には取らないけど……」

和也がそう言うと、分離担当のちびスラちゃんが棚に移動する。

そして、何やらごそごそと探し始めたかと思ったら、大量のオリハルコンを持ってきた。採れる量が少ないので、溜め込んでいたようである。

和也が目を見開いて声を上げる。

「えー！　こんなにあるの！　だったら数珠《じゅず》みたいにしてブレスレットにしたいな。スラちゃん1号、これの加工を誰かにお願いしてもらっていい？　こんな感じにしたいんだよ」

和也が地面に、ブレスレットの絵を描く。それを見たスラちゃん1号は、「かしこまりました。ちょっと加工しづらそうな石なので一週間ほどくださいね」との触手の動きで伝えた。

「もちろん！　暇なときでいいよ。俺のわがままだからね！」

オリハルコンの価値を知っている者が聞いたら、驚愕するような会話がなされる。

ちなみにこの日から一週間後に、世界にたった一つしかないオリハルコン製のブレスレットが和也のもとに届くのだった。

30．猫獣人達のもとに移動

「ふわぁぁぁ！　おはよう。良い感じで寝たなー」

大きなあくびをしながら、和也がベッドから起き上がる。

そのまま洗面台に向かい、寝ぼけ眼で顔を洗う和也のもとに、犬獣人の子が朝食を運んできた。良い匂いが、和也が泊まっていた部屋に充満《じゅうまん》する。

和也は、食欲を刺激する匂いに頬を緩め、運んできてくれた犬獣人の子を、万能グルーミングで出したブラシと霧吹きでお手入れをしてあげた。犬獣人の子は、和也の朝食に間に合うようにと早起きをしたので寝癖《ねぐせ》だらけだったのだ。

「きゃうきゃう。きゃう！」

「わっぷ！　こら、そんなことしたらグルーミングできないだろー」

犬獣人の子は尻尾と耳を動かして喜ぶと、和也の顔を舐めまくってきた。

困ったと言いながらも満面の笑みを浮かべる和也に、スラちゃん1号が「コホン」と咳《せき》払《ばら》いするような身振りをする。

「ん？　ああ、分かったよ。ご飯が冷めるって言いたいんだよね。じゃあ、ここまでにしとこうかな？　またブラッシングをしてあげるね」

和也は手を止めると、朝食を食べるために席に着く。

途中でブラッシングを止められた犬獣人は寂しそうにしていたが、和也の朝食が冷めるからだと理解し、一礼して自分の持ち場へ戻っていった。

「本当に毎回、ご飯が美味しくて幸せだよ。スラちゃん1号のおかげだね！」

和也はスープを一口飲み、頬を緩めた。その味は濃厚だが、出汁がしっかり取ってあり和也の健康を気遣《きづか》っているのが感じられた。

和也の賞賛《しょうさん》に、スラちゃん1号はコーヒーを淹《い》れる手を止め、微笑むような仕草をする。そして、「料理を皆に教育したのは私ですが、そもそも調理するということを教えてくださったのは和也様ですよ。私達のほうこそ感謝しかありません」と触手を動かして伝えてくる。

「食事は美味しく食べてこそだからねー。そろそろこの世界でも、故郷のご飯やお味噌汁が食べたいかなー。ん？　どうしたの？　スラちゃん1号。え？　ご飯と味噌汁について教えろって？」

スラちゃん1号は、和也が本気でそう望んでいると感じ取り、和也からご飯と味噌汁の情報を聞き出していった。

その後スラちゃん1号は、ご飯と味噌汁を作るためのプロジェクトチームを発足させるのだった。

❖　❖　❖

「皆！　これからも頑張ってねー。あと、赤ちゃんが生まれたら連絡してよー。グルーミングしたいからねー」

「きゃう！」

「わんわん！」

「きゃうー」

「お元気で、和也様！」

　洞窟で暮らす犬獣人、ちびスラちゃん、土竜一族が集まって和也を見送る。

　全員、寂しそうにしながらも笑顔であった。身重《みおも》の犬獣人もいて、和也の言葉に耳を傾《かたむ》けて嬉しそうにしていた。

「じゃあ、そろそろ行こうか！　出発進行ー！」

　和也が見送りに来ている者達に手を振り、人力車はゆっくりと進みだす。

　見送りの姿が小さくなるまで手を振っていた和也だったが、完全に見えなくなると座席に座り直してひと息吐いた。

「良い感じに発展していたね。次は、猫獣人達のもとに行くんだよね？　どんな風になっているのか楽しみだなー」

ワクワクとした感じでそう呟く和也を、スラちゃん1号は微笑ましそうに見る。猫獣人達がいる川沿いの村までは一時間ほどの距離である。そうしてふと、和也は何気なく口にする。

「これだけゆっくりした旅をしていると、何か襲ってきそうな感じがするよねー」

のほほんとした空気の中で立てられたフラグ通りに、前方から大型のイノシシが走ってくる。かなり気性《きしょう》が荒く、人力車を見かけると叫び声を上げて向かってきた。

「え？　あれって、このままだったらぶつかるよね？　ど、どうしよう！　まずいよ！　スラちゃん1号！」

和也がテンパって叫ぶが、スラちゃん1号は冷静である。人力車を引く犬獣人達に止めるように指示を出すと、御者席から降りた。

そして、大型のイノシシの前に水たまりを作る。

「ぐろぁぁぉっぉおお！」

大型のイノシシが水たまりに入った瞬間、叫び声を上げて転倒した。

身動きが取れないのか、大型のイノシシは水たまりの中で激しく暴《あば》れ回っている。水たまりはスラちゃん1号の溶解液であったらしい。

「……すごいね、スラちゃん1号。もう危なくない？」

和也が人力車からひょっこりと顔を出して尋ねると、スラちゃん1号は触手を動かし「まだ危ないですから、中で待っててくださいね。トドメを刺して血抜き処理をしておきましょう」と伝えてきた。

続けてスラちゃん1号は、「そういえば、ちょうど良い時間ですね。お昼休憩にしますか。この大型のイノシシの肉は熟成《じゅくせい》させたほうがいいので、またの機会にしましょう。ちょうどいい感じのイノシシ肉がありますからそれを食べましょうか」との感じで触手を動かす。

それからスラちゃん1号は、犬獣人達に食事の準備をするように指示をするのだった。

31．猫獣人達のもとに到着

「ふわぁぁぁぁ！　美味しいね！　これが食べ頃になったイノシシ肉なんだね！　さっきのイノシシの大きさなら、ケバブ屋さんみたいにグルグル回したらみんな喜ぶかな？　あ、冗談だからね」

和也はイノシシ肉を頬張りながらスラちゃん1号に話していた。

当然ながら、和也の言葉は冗談として受け入れられておらず、その後の宴会では処理されたイノシシ肉がグルグルと回ることになるのだったが……

「それにしても、このお肉とかスープは温かいけど、どういった仕組みなの？　俺の持っている鞄と同じなのかな、スラちゃん１号の身体は？」

和也がそう呟いて、スラちゃん１号の体内から取り出される朝食を見ながら首を傾げていると、スラちゃん１号は誤魔化すように触手を動かす。スラちゃん１号が聞いてほしくなさそうなので、和也はそれ以上の追及《ついきゅう》は諦めた。

食後は、恒例《こうれい》のグルーミングタイムとなる。

「お腹も膨れたー。もうちょっと休憩をしよっか？　ほら、順番に軽くブラッシングをするからねー」

和也がそう言うと、犬獣人達は嬉しそうに尻尾を振る。一匹ずつ丁寧にブラッシングをしてあげると、犬獣人達は幸せそうに笑みを浮かべるのだった。

「うん！　みんなつやつやになったねー。じゃあ、休憩はここまでにして出発しようか」

「きゃうきゃう！」

存分にブラッシングをしてホクホクの和也と、つやつやになってニコニコしている獣人達。

皆、英気を養ったところで、人力車はゆっくりと出発した。

「おお！　門ができてる！　こっちも立派になったねー」

門の前で、和也が感心したような声を出す。

❖❖❖

ここも小さな村くらいの規模になっているようだった。だが、門は開きっぱなしになっており、門番の姿はない。

「あれ？　門番はいないのかな？　すみませーん！　門番さーん」

和也が門をくぐりながら呼びかけると、日陰《ひかげ》になっている門の隙間《すきま》から一匹の猫獣人が出てきた。

眠そうに目をこすっていたが、目の前にいるのが和也だと気付くと、慌てて身だしなみを整えだす。

「ふふ。いいよそのままで。突然やってきたからね。涼しいところで休んでたんだよね？」

「にゃ！　にゃう、にゃう！」

門番の猫獣人は「そう、その通りです！」と言わんばかりに頷いていた。しかし突然、猫獣人の顔が蒼白《そうはく》になる。

「あれ？　どうしたの？　何か怖いことあった？」

震えだした猫獣人を和也は優しく抱きしめる。そしてブラシを出して毛並みを撫でてあげた。

猫獣人は気持ちよさそうに喉をグルグルと鳴らしていたが、ふと我に返ると、再びがくがくと震えだした。和也は猫獣人の視線を追って背後を振り返る。そこにいたのは、ぷりぷりしたスラちゃん１号だった。

「スラちゃん１号？　なんでそんなに怒ってるの？　ああ、門番がお昼寝してたからか。そうだねー。仕事をしないのは駄目だよねー。でも反省しているよ？　これからは一所懸命に仕事をしてくれるよね？」

そう問いかけられた猫獣人はものすごい勢いで首を上下に振った。そして立ち上がってスラちゃん１号に近付くと、謝罪しながらスラちゃん１号を舐めだす。

スラちゃん１号は「こ、こら、やめなさい。分かりましたから！　もう仕事を放り出しちゃ駄目ですよ？　今度は本当に怒りますからね」との感じで触手を動かしながら、猫獣人の身体を撫で上げた。

「にゃう！」

猫獣人は気持ちを切り替えると、門の前に立って仕事を始めるのだった。

それから和也達はさらに人力車を進め、広場へ向かう。

「スラちゃん１号。本当にあの子を怒らない？」

和也の問いかけに、スラちゃん1号は「怒りませんよ。これからはキチンと働いてくれるでしょうから。それにしても和也様？　私ってそんなに怖いですか？」と触手を動かして尋ねる。

「ははは。ごめんね。仕事だとスラちゃん1号は怖い秘書みたいになるからねー。ほら、謝るからさー。いでよ！　万能グルーミング！　これで許してよ」

和也は万能グルーミングで手袋を出すと、スラちゃんを優しく撫でる。

心地よさそうにしながらも「もう。そんなことでは誤魔化されませんからね」と言いたげな動きをするスラちゃん1号だった。

川沿いの広場には、多くの住人が集まっていた。

「にゃう！」

「にゃー」

「にゃにゃにゃ！　にゃ！」

猫獣人に交じってマウントの部下もいて、不思議そうな顔で質問をしてくる。

「あれ、和也様？　急にどうされたのですか？　視察ですか？」

「まあね。みんなの頑張りを見に来たんだよ」

和也は気楽な感じで答え、周囲を見渡す。

広場では、川で獲れた魚が天日干し《てんぴぼ》にされていた。また川の中で布を洗う者、釣《つ》りをしている者、浅瀬《あさせ》で何かを探している者などがいるのが見えた。

住人達は和也がやってきたと分かると大歓声を上げ、一斉に近付いてきて飛びかかろうとする。そこへ――

ぴしぃ！

スラちゃん1号が触手をしならせた。

周囲を静寂《せいじゃく》が包むと、スラちゃん1号はゆっくりと動きながら「和也様が怪我をされますから」と言わんばかりの動きで、触手をぺしぺしとしていた。


静まり返った広場の中央で、猫獣人達と一緒に和也も硬直している。

「にゃーん」

「にゃ。にゃにゃ！」

「も、申し訳ありません！」

「ごめんなさい！」

猫獣人達、マウントの部下、なぜか和也も土下座していた。

すると、スラちゃん1号の触手が止まり「和也様の安全第一でお願いします。興奮してしまうのも理解できますが……しかし和也様、なぜ一緒に震えているのですか？」と逆に困惑したような仕草を見せる。

「怖かったー。スラちゃん1号が本気で怒ると怖いってよく分かったよー」

和也の言葉に、近くにいた全員が大きく首を上下に振る。

その後、住人達はスラちゃん1号に頭を下げて仕事に戻っていったのだが、スラちゃん1号は頬を膨らませるような動きで納得いかない様子だった。

「もう！　怒ってませんよ。私が和也様を怒るわけないじゃないですか？　そんな風に思われてたのですか？」とスラちゃん1号は触手を激しく動かす。

「そうだね。スラちゃん1号は俺のことを心配してくれたんだよね。ありがとう。じゃあ、みんな仕事に戻ったし、色々と見て回ろうか。俺としては魚を干しているのを見たいな」

そう言って和也はスラちゃん1号を撫でると、川沿いで日干し作業をしている猫獣人のほうに近付いていった。

和也が猫獣人に尋ねる。

「これって川で獲れた魚だよね？　毎日、こんなにたくさん捕まえるの？」

「にゃ！　にゃんにゃ！　にゃ！」

猫獣人が「そうですよ！　毎日、誰が一番かを決めてるんです」との感じで頷く。それを見て、和也の目が光る。

「へえ、面白《おもしろ》そうだ……じゃあ俺も参加してもいいかな？　素手で捕まえたらいいんだよね。スラちゃん1号も参加しようよ」

スラちゃん1号は「え？　私もですか？」との感じで触手を動かす。こうして和也達の魚獲り大会への参加が決まるのだった。

和也がスラちゃん1号に向かって言う。

「よし。今日の視察はここまでにしとこうか！　明日の魚獲り大会が終わったあとで、俺も自分で魚の天日干しが作りたいな。できたらスラちゃん1号にもあげるからね」

スラちゃん1号は「あらあら、まあまあ。和也様が作った干物《ひもの》を私に？　それは楽しみですね。でも、参加する以上は負けませんよ」と気合いを入れたように身体を動かしていた。

❖　❖　❖

「にゃにゃにゃにゃにゃ！　にゃ！」

「「にゃー！」」

司会らしき猫獣人が大声を出すと、他の猫獣人達が大歓声で応える。和也も同じように歓声を上げていた。会場内のボルテージは最高潮《さいこうちょう》である。

「にゃん！」

司会らしき猫獣人が、和也に声をかける。

「え？　俺からも挨拶？　分かった。みんな、気合いは入っているかー！」

「「「にゃー！」」」

和也が壇上《だんじょう》に上がるとさらなる歓声が上がり、周囲の木々を震わせた。

地面が振動するほどに猫獣人達が足踏《あしぶ》みをしている。そんな会場の様子に、和也のテンションが変な方向に上がってしまった。

「うおー！　コンテストをするぞー。獲った魚の数が一番多い人が優勝だ！　それと、一番大きな魚を捕まえた人には特別賞を出すよ！」

スラちゃん1号が「また、和也様は……昨日のことを忘れているのかしら」と触手で額を押さえる。そんなスラちゃん1号に気付いていない和也は、テンションが振り切れたままスタートを告げる。

「よーし！　今から始めるぞー！　俺が一番だー」

和也は壇上から下りると、そのまま川に飛び込んだ。

猫獣人達もスラちゃん1号も唖然としていたが、和也は楽しそうにしている。そして魚を追いかけては川の中でバシャバシャしていた。

「うおぉぉぉ！　待てー。くぅぅぅ！　俺の魔の手から逃れるとは！　やるなお主！」

まったく獲れる気配がなかったが、それでも和也は楽しんでいるらしい。

和也はひときわ大きな魚に目をつけると、一心不乱に追いかけ始めた。大きな魚は和也の動きを見ながら逃げ、時折飛び跳ねては水をかけるなど挑発していた。

「わっぷぷ。うえぇぇ！　水飲んだー。くそう！　こうなったら必殺、いでよ！　万能グルーミング！　スラちゃん1号カモン！」

和也は万能グルーミングで手袋を出して、スラちゃん1号を呼び寄せる。そして、スラちゃん1号を槍《やり》のように変形させると、それを握りしめて狙いを定めた。

「もう、何させるんですか」と言いたげなスラちゃん1号だったが、槍の状態で投擲《とうてき》されると大きな魚に向かっていった。

そして逃げる魚を追いかけ続け、最後には突き刺した。

「うはははは！　獲ったぞー！　我から逃れられると思うなよー」

突き刺さった魚を天高く掲げて高笑いする和也。猫獣人達は、そんな不気味な和也を大歓声で褒め称えていた。

「和也様。あ、あの。そろそろ元の姿にしてもらえますか？」との感じでスラちゃん1号が触手を動かす。

「ごめん、ごめん。あまりにも嬉しくてさ。すぐに戻すね」

和也は笑いながら謝罪しつつ、スラちゃん1号を槍の姿から元に戻した。和也が獲った魚は一メートルほどあり、見た目はニジマスに似ていた。

「これはこの川の主だね！　この後の宴会で皆で食べよう。調理をお願いしてもいいか

な？」

　和也がそう尋ねるとスラちゃん1号は上下に弾んで了承してくれた。そしてニジマスに似ている魚を身体に取り込んだ。

　和也は、スラちゃん1号のほっぺを突《つっ》きながら問う。

「前にも気になったんだけど、スラちゃん1号の身体ってどうなってるの？　色々と出してくれるし、取り込んでくれるけど……今のニジマスも、スラちゃん1号の身体より大きかったよね？」

　和也から突かれてくすぐったそうにしながらスラちゃん1号は質問に答える。

「私も分かりませんが、色々とできるみたいです。例えば……」との感じで触手を使って説明すると、身体から先ほどの魚を取り出した。

「うわぁぁぁぁ！　すごい！　三枚におろされてる！」

　ちなみに、魚の身以外の骨や皮や内臓などは、スラちゃん1号のおやつとして消化されたらしい。

「なるほど……でもそれって美味しいの？」

　和也の素朴《そぼく》な疑問に、スラちゃん1号は苦笑を浮かべたような動きをする。そして「最近は和也様が作った料理以外は味を感じないようにしてますから無味無臭《むみむしゅう》ですね」と触手で伝えてきた。

その後、和也は万能グルーミングで投網《なげあみ》を作り出し、片っ端から魚を捕まえるという荒《あら》業《わざ》をやってのけた。

結果として、獲られた魚がつやつやになるという珍《ちん》ハプニングが生み出されてしまうのだった。

❖　❖　❖

「では、これより結果発表を行います！　どろどろどろーどん！　一位は君だ！」

「にゃー！」

和也から指さされた猫獣人が嬉しそうに飛び跳ねる。その猫獣人が獲った数は三十匹で、二位との差はたった数匹だった。

数匹差で負けた二位の猫獣人は悔しそうにしていたが、それを見て可哀想に感じた和也は咄嗟に「三位までは景品があるよ！」と付け加える。すると今度は四位の者が号泣しだし、慌てた和也が「五位まで！」と発表すると、六位の者が泣きだす……

というのが際限《さいげん》なく続きそうだったので、十位までは和也から直々に景品が手渡され、それ以外は和也が捕まえた魚が後ほど渡されることになった。

「……ふう。皆の盛り上がりがすごくて嬉しい限りだよ。また、こっちに来たときは大会をしようね！　皆が本気になったら魚がいなくなるかもしれないから注意が必要かな？　それは今度考えるとして、まずは表彰式《ひょうしょうしき》の続きだよね。じゃあ一位さんにはグルーミングをしてあげるよ！　それと、試作で作ったブレスレットをプレゼントだ！」

ブレスレットというのは、ミスリルとモイちゃん糸を使って作った物であった。言うまでもなくその価値は計《はか》り知れない。

「にゃにゃにゃ！　にゃー！」

和也からブレスレットを付けてもらった猫獣人は飛び跳ねて喜んだ。二位以降の表彰も順調に終わり、みんなで宴会会場に移動する。

「よーし！　グラス持ってるー？　じゃあ、今日の魚獲り大会お疲れ様でした！　獲った魚を食べよう！　それと俺が持ってきた肉も焼くから存分に楽しんでねー。乾杯ー！」

「「「にゃー！」」」

和也の挨拶に猫獣人達は唱和《しょうわ》すると、焼かれた魚や肉に群がっていった。

その勢いは、「魚獲り大会は終わっても大食い大会は始まったばかりだ！」といった様《よう》相《そう》を呈《てい》しており、和也も負けてなるものかと参加した。

「……うー。もう食べられない……」

お腹をポッコリと膨らませて寝転ぶ和也。その側にいるスラちゃん1号は、呆れた様子で彼を眺めつつ、コップに水を入れて手渡す。「食べすぎですよ。ほどほどにしてくださいね」とのお小言を触手の動きで伝えられ、和也は申し訳なさそうにしながら受け取った。

「あー！」

突然そう叫んで、和也は身体を起こす。

「スラちゃん1号が獲ったイノシシを食べるのを忘れてた！」

落ち込む和也に、スラちゃん1号は呆れながら「明日食べればいいじゃないですか」と、触手を動かしながら伝えた。

32. 猫獣人と宝石を集めます

「うー、食べすぎたー。朝ご飯、食べられるかなー」

翌朝、お腹をさすりながら起きてきた和也が食堂に入る。

スラちゃん1号がスープを持って「昨日、あれだけ食べれば当然です。でも朝ご飯は食べましょうね」との感じで触手を動かすと、和也にスープを手渡す。

「……ホッとする温かさだね。胃疲れしているときにちょうどいいよ。ありがとう、スラちゃん1号」

　和也は一気に飲み干すと、お代わりを要求した。

　スラちゃん1号はそれを見越《みこ》していたようで、パン、ベーコン、お代わりのスープを手渡す。朝から胃もたれで疲れた表情をしていた和也だったが、食事が終わる頃には元気を取り戻していた。

「よし！　午後からは何をしようかな。視察だからなー。今こっちで面白いことってあるの？」

　和也がそう尋ねると、食堂にいた猫獣人が手を挙《あ》げて近付いてくる。そしてその子は、和也に石を手渡してきた。

「にゃ！」

「何々？　これは川で拾っていた石かな？　……宝石だね⁉」

　和也はビックリして何度も確認する。

　青、赤、緑、無色透明な石もあり、大小様々な宝石が和也の両手いっぱいに載せられていった。

「ほうはー。すごいねー。これがあの川で採れるんだ。でも、こんなにいっぱい採ったらなくならないの？　え？　採りきれないほどある？　それは俺も見たいなー。案内してくれる？」

「にゃにゃにゃ！」

和也のお願いに元気よく頷いた猫獣人は、そのまま仲間達と一緒に川に連れていってくれた。

ちなみに、スラちゃん1号もあとからついてくる。人力車を引っ張ってくれた犬獣人達は昨日の宴会が終わってからずっと眠っており、まだ起きていなかった。

「そうだ！　あの子達に感謝の気持ちを込めて、宝石を使って何か作ろう！」

和也はそう心に決めるのだった。

川に到着した和也が水面を覗いてみる。しかし、宝石らしき物は見つからなかった。残念そうな顔をしながら猫獣人達を見る。

「あれ？　何もないよ？　ねえ、ここに宝石があるんじゃないの？」

「にゃにゃにゃ！　にゃ！　にゃーん」

猫獣人は「そっちじゃないです。もっと上流のほうです」と言わんばかりに和也の腕を引っ張る。

それから三十分ほど歩くと清流《せいりゅう》にたどり着いた。そこには、食堂で見せられたような宝石がところ狭しと転がっていた。

「すごーい！　こんなに宝石があるなんて本当に採り放題だね！　いい感じの宝石を探す

ぞー。我の能力を見るがよい！　うりゃぁぁぁ！　うひゃぁ！」

和也は勢いよく飛び込んだが……一瞬で戻ってきた。

歯はカチカチと鳴っており、一気に体温が奪われたのかものすごく寒そうだった。

「ううう……なんで？　滅茶苦茶《めちゃくちゃ》冷たいよ？　何この冷たさ。昨日の魚獲りで入った川はこれほど冷たくなかったよね？」

「にゃ！」

猫獣人が焚き火を用意し、和也にタオルを手渡す。

和也は、「もう！　油断するからですよ！」と触手の動きで伝えてくるスラちゃん１号に謝りながら焚き火にあたる。

「あ、ありがとう。なんでこんなに水が冷たいの？」

ガチガチと震えながら火にあたっている和也に、猫獣人が身振り手振りで説明してくれる。

どうやらこの清流は特別冷たい川らしく、猫獣人達の中でも数名しか入ることができないとのことだった。

「にゃ！　にゃにゃ！」

猫獣人が、身体を温めずに入水《にゅうすい》した和也はすごいと褒めてくれた。火にあたることでなんとか元気になった和也が、スラちゃん１号にお願いする。

「俺でも冷たい水に入れて、凍《こご》えることなく宝石拾いがしたいんだ！　お願いスラちゃん1号！」

手を合わせてお願いする和也に、スラちゃん1号は「仕方ないですね」との動きでズボンのような物を作り出した。

「え!?　これを穿《は》けば冷たさに負けないの？　本当だ！　まったく冷たさを感じない。え？　スラちゃん1号の溶解液で作ったの？　すごい！」

ズボンを穿いて水に入った状態で和也は大喜びする。

続いて渡された肘《ひじ》まである手袋を着けると、同じように冷たさを感じなかった。実はこれらは、水耐性に特化した伝説レベルの防具なのだが、和也は冷たい水に入っても大丈夫なカッパ程度にしか思っていなかった。

こうして和也はフル装備で宝石採りをする。

「採れたー。いい感じで採れるねー。でも腰が痛いからもういいや」

ザルいっぱいの宝石を重そうに持った和也は疲れ果てていた。ザルの中には色とりどりの宝石が入っており、水に濡れてキラキラと光を反射している。

猫獣人達が慣れた様子で宝石を採っていると、川辺でスラちゃん1号は食事の用意ができたのを知らせてきた。

食後、和也と猫獣人達は満足げに寝転がっていた。

「ふー。お腹いっぱい。スラちゃん1号のご飯は何度食べても美味しいよねー」

「にゃー！」

彼らは幸せそうに吐息を出し、宝石採りで疲れた身体を癒す。そこへスラちゃん1号がやってきて、フルーツを切って盛りつけた物を二人の目の前に置いた。

「うわぁぁぁ！　食後のデザートまで用意されてる！　なんてこったい！　こんなことならもう少し食べる量を調節したら良かった」

「にゃにゃにゃにゃー！」

お腹が膨れた状態で出されたので、和也は恨《うら》めしそうにフルーツ盛りを見た。

一方、猫獣人達は次々と食べては歓声を上げる。猫獣人達はフルーツの瑞々《みずみず》しさと甘さの虜《とりこ》となったようで、口に運ぶごとに締まりのない顔になっていた。

和也が悔しそうにしていると、スラちゃん1号が別の果物を取り出して食べるように勧めてくる。和也は満腹《まんぷく》なのを理由に断るが、何度も勧められるので一口かじってみる。

「さっぱりした味と触感だね」

シャクシャクと音を立てながら食べていると、和也は自分の身体に起こった変化に気が付いた。

「あれ？　お腹いっぱいなのがマシになってる。これなら少しは食べられるかな？

ひょっとして胃薬だったの？」

和也が驚いた表情でスラちゃん1号を見つめると、スラちゃん1号は肯定するように触手を動かす。

「さすがスラちゃん1号！　この気遣い上手！　いでよ！　万能グルーミング！　お礼につやつやにしちゃうんだからねー」

和也は万能グルーミングで手袋を出して装着する。それでスラちゃん1号の身体を撫でると、スラちゃん1号は気持ちよさのあまり身悶えていた。

その横では、フルーツを食べ終えた猫獣人が満足げに寝入っている。

「ふふふ。よっぽどスラちゃん1号の食事が美味しかったんだろうね。ふわぁぁ。俺も眠くなってきた……か……」

幸せそうに寝ている猫獣人を見て笑っていた和也だったが、自分も眠たくなってきた。まぶたをこすりながらスラちゃん1号にもたれかかると、そのまま夢の国に旅立っていくのだった。

「……うにゃー！　……にゃ！」

猫獣人の一匹が目を覚ました。

心地よい疲労と、美味しい食事にフルーツ、そして睡眠。幸せの三重奏《さんじゅうそう》を満喫した猫獣人だったが、起きてすぐに、主人である和也をずっと放置していたことに気付く。

「にゃ？」

慌てて和也に近付いたところ、彼はスラちゃん1号に身を包まれて幸せそうな顔で寝ていた。

猫獣人が顔を覗き込もうとすると、スラちゃん1号がふるふると動いて止める。そして
「和也様はお昼寝中です。貴方は宝石の仕分けをしておきなさい。色ごとに分けて粒《つぶ》の大きさも揃《そろ》えるのですよ」と指示を出した。

「にゃ！」

猫獣人はそう返答してシートを広げ、スラちゃん1号に言われた通り作業を始めるのだった。


「ふわぁぁぁぁ！　よく寝たー」

和也が腰を伸ばして起き上がり、スラちゃん1号を優しく撫でた。そして、和也にされるがままになっているスラちゃん1号に話しかける。

「いつもお布団になってくれてありがとう」

スラちゃん1号は「私への気遣いまでしてくださってありがとうございます。ですが、私も和也様と一緒にお昼寝をしていましたので幸せでしたよ」と言うように和也の手に触

手を絡ませた。

「そう？　照れるなー。そうだ！　宝石を選別しないと……」

和也がそう言って周りを見渡すと、作業中だった猫獣人が近寄り、ドヤ顔でシートを指さしてきた。そこには、色、大きさごとに並べられた宝石があった。

「にゃ！　にゃにゃ！」

「わー。ありがとう！　俺が昼寝してる間に作業してくれたんだね。よし、君にも何かプレゼントしよう。これから犬獣人達への物と一緒に作るから待っててよ」

和也が猫獣人の頭を撫でると、猫獣人はお返しに彼の頬を舐めてきた。

「くすぐったいってば！　分かった分かったから！　じゃあ何を作ろうかな。やっぱり犬獣人達に渡すから首輪とかがいいかな？　うーん、でも犬獣人達はペットじゃなくて仲間だからなー」

うんうんと唸《うな》りながら和也は考えていたが、突然何かを閃《ひらめ》いた。そして、モイちゃん糸の紐《ひも》を使って作り始める。

猫獣人が不思議そうに覗き込んでくる。

「にゃー？」

「ん？　これかい？　犬獣人達に渡すネックレスだよ。先端に宝石を付けようかと——やっぱりバランスがなー」

紐を輪《わ》っかにして宝石を置いてみたが、不格好《ぶかっこう》になってしまった。和也が落ち込んでいると「いいのがありますよ。これを試してみては？」との感じで、スラちゃん1号が宝石を留める爪留《つめど》めを渡してきた。

「おお、すごい！　今作ったの？　宝石がぴったりと留まるよ。さすがはスラちゃんだね！」

和也は無邪気《むじゃき》に喜んでいたが、その爪留めが宝石の大きさに応じて変化していることには気付いていなかった。秘法とされているこの技術をスラちゃんがなぜ使えたのか。そこに疑問を持つ者はこの場にはいなかった。

ようやくネックレスを作り終えた和也が声を上げる。

「できたー！　いい感じで作れたよー。どう？」

「にゃー！」

スラちゃん1号が「犬獣人達にプレゼントするのですか？」との感じで触手を動かして尋ねる。

「これはスラちゃん1号に渡すに決まってるじゃん。付けてあげるね。うんうん。よく似合ってるよ」

「あ、ありがとうございます。いい感じですか？」と嬉しそうに触手を動かすスラちゃん1号。ネックレスはスラちゃん1号の頭に装着されると、自動的にサイズ調整された。

「おお、すごい。ピッタリになってる。これで失くすこともないね。よく似合っているよ」

続いて、犬獣人・猫獣人のためにたくさんのネックレスを作っていく。さっきは一つ作るのにだいぶ時間がかかったが、慣れてしまうとそれほど時間がかからず作れた。

「よし、上手くできた。民芸品として量産することはできるかな？　そしたらみんなの仕事にもなるよね！」

コイカの糸を使い、ミスリルで作られた爪留めの上で輝く宝石。それは、和也が猫獣人と楽しみながら採った物だが、実はとんでもない逸品《いっぴん》であった。その石は水に長い時間浸かっていたことで強力な水の魔力を帯《お》びるようになり、魔石と変わらない物となっていたのであった。

スラちゃん1号が「民芸品として作るなら、作る者が慣れるまで時間がかかりそうですね。それは後々考えていきましょう。まずは犬獣人達にプレゼントを渡してあげては？」との動きで告げると、和也は頷いた。

「そうだね！　民芸品の話はあとでしよう。せっかく丹精《たんせい》込めて作ったんだから早く渡しに行かないとね」

スラちゃん1号によって当初の目的を思い出した和也は、出来上がったネックレス片手に清流をあとにするのだった。

❖　❖　❖

「きゃん！　きゃんきゃん」

「ごめんごめん。気持ちよさそうに寝てたから、起こすのも悪いと思って置いていってしまったんだよ」

寝ている間にいなくなった和也に、犬獣人達が詰め寄って抗議してきた。

和也は犬獣人達に謝罪すると、お詫《わ》びとばかりに懐からネックレスを取り出す。そして一匹ずつ首にかけていった。

「きゃう？　きゃん！　わおーん！」

最初はキョトンとしていた犬獣人達だったが、首にかけられたのが和也からのプレゼントだと分かると遠吠えをして感動を表す。そして和也に抱きついて彼の頬を舐め始めた。

そんな光景を、猫獣人達は羨ましそうに見ていた。以前にスラちゃん1号に怒られているため、迂闊《うかつ》に飛び込めない。だが、一斉に飛びかからずに近付けば問題ないことに気付くと、和也達の輪に交じっていった。

「ふー！　満足満足。あれ？　そういえば途中から猫獣人達も交じってたよね？　皆がつやつやになったからいいけど」

存分にグルーミングを行った和也は満足げな表情を浮かべた。そんな彼の周りでは、犬獣人達の他に気持ちよさそうに眠っている猫獣人が数匹転がっていた。

❖　❖　❖

その後、和也達は猫獣人達の集落をあとにすることになった。

「きゃう！」

「あれ？　ネックレスはどうしたの？　ひょっとして気に入らな――あれ？　首輪にしたの？　ネックレスじゃ嫌だったの？　どういうこと？」

和也が、出発準備をしている犬獣人達に近付くと、彼らに渡したネックレスはサイズ変更されて首輪になっているのに気付いた。その理由を聞くと、首輪のほうが和也からの力を感じるとのことだった。犬獣人達があまりに嬉しそうにしているので、和也はやめるようにとは言えなかった。

「スラちゃん1号はどういった使い方をしてるんだろう？」

スラちゃん1号のほうを見てみると、額に付けているのは変わっていないが、ちょっと形状を変え、サークレットのような形にしていた。スラちゃん1号はまるで王族のような雰囲気を醸《かも》し出している。

「おお！　スラちゃん1号。格好いいね！」

和也の言葉にスラちゃん1号は「できれば、可愛いって言ってほしかったですけどね」と澄ました感じで上下に弾んでいた。

和也がみんなに尋ねる。

「準備万端かい？　え、あとは俺が乗り込むだけなの？　そうなの？　ごめんごめん。じゃあ最後に挨拶しておこうかな」

人力車の周りには、村にいる全員が彼らを見送るために集合していた。和也は集まってくれた皆に告げる。

「本当に楽しかった。宝石や魚の干物もたくさんもらったし！　あ、干物作りをしたかったんだけど、できなかったなあ。それはさておき、拠点に戻ったらネックレスを作って送るから、皆も付けてくれると嬉しいよ。あとさ、子供が生まれたら教えてね！」

「にゃにゃにゃ！」

「にゃー」

「にゃうにゃう」

「私達にもネックレスを!?　あの子達が付けているのを私達にも？　ありがとうございます、和也様！」

和也達の見送りに集まった猫獣人達が大歓声を上げる。犬獣人達と同じで猫獣人の中にも身重の者がおり、これから出産ラッシュが起きそうであった。マウントの部下達は猫獣人達がもらっているネックレスを見て、自分達にも配付されることに感動した様子だった。

「これからもちょくちょく来るよ。また魚獲り大会をしようね。じゃあ俺達は行くよ！　出発進行ー！　はいよー！　しゅっぱつー！」

和也が人力車に乗り込んで掛け声をすると、犬獣人達は人力車を引き始めた。

犬獣人達の首元では首輪が輝いていた。実は、首輪に付いている宝石は、使用者の魔力と反応して能力を上昇させる性能がある。作った本人ももらった者達も、そのことは知らなかったが。

なお、スラちゃん1号に渡したネックレスに付いている無色透明の宝石は、和也が採った中でも一番大きな物だった。それゆえに「和也のネックレス＋5」と表示されるであろう高性能なアクサリーになっていたが、もちろんそのことも誰も知らなかった。

見送りの者達が見えなくなるまで手を振っていた和也。最後の一人が見えなくなると、彼は人力車に腰掛けて満足げな顔をする。

「犬獣人の村も猫獣人の村もいい感じに発展してたなー。どちらも子供が生まれるみたいだったし楽しみだね。小っちゃい子達の毛並みは柔らかくて、さぞかしブラッシングしがいがあるんだろうねー」

和也はそう言ってうんうんと頷くと、お茶とお菓子の準備をしているスラちゃん1号のほうへ顔を向ける。

「えーと、最後はマウントの村だね。場所は、スラちゃん1号が把握しているんだよね？」

和也の問いかけに、スラちゃん1号は触手を動かして頷く。

ちなみに人力車だが、視察中に改良され、走行中に弾んだりすることもなく乗り心地抜群となっていた。和也はそんな快適になった人力車で、スラちゃんのお茶に舌鼓を打つ。

「んー。スラちゃん1号が淹れてくれるお茶は最高だ。こっちの世界で美味しい紅茶を飲めるとは思わなかったよ。本当にスラちゃん1号は完璧だよね。他にも色々な物を、スラちゃん1号が発見してくれるのを楽しみにしてるよ」

スラちゃん1号は嬉しそうに動くと、クッキーを和也に渡した。和也は紅茶とクッキーを味わいながら、窓から見える風景を優雅に楽しんでいた。

しばらくそうしていると、和也はスラちゃん1号から到着したことを告げられる。

「おお！　おお？　おお⁉　あれがマウントの村？　……え？　村？　俺の目にはお城みたいに見えるけど？」

窓から身を乗り出した和也は、喜びから疑問、そして困惑の表情になった。

彼の目の前に広がっているのは、石積みされた城壁《じょうへき》だった。誰もが「砦じゃね？」とツッコミを入れる佇まいである。

スラちゃん1号が「私も驚いておりますが、聞いていた場所で間違いないですね」との感じで触手を動かし、犬獣人達に警戒しながら進むように指示を出す。

和也達が門までやってくると、門番が人力車を停止させる。

そして、厳しく詰問《きつもん》してきた。

「……え、馬車？　でも獣人達が引っ張っている？　な、何者だ！　ここが無の森の盟主《めいしゅ》である和也様の領地であると分かっているのか？　知らぬのなら引き返すが良い！」

33．砦に到着しました

突然、人力車が止まった。外から聞こえてくるちょっと怖い声で状況を悟《さと》った和也は、スラちゃん1号に確認する。

「マウントさんに話は通ってなかったの？」

「すみません。完全に私のミスです」との感じで、しょんぼりした触手の動きをしながらスラちゃん1号が謝罪する。

「いいよ。スラちゃん1号でもミスをするんだと分かったから俺的にはオーケーだよ。でも、門番さんには事情を説明しないとダメだよね」

和也はスラちゃん1号にまったく気にしていないことを伝えると、気楽な感じで人力車から降りる。そして門番のもとに向かうと軽く手を上げて挨拶をした。

「やあ。突然来てごめんね。マウントさんはいる？」

「か、和也様！　こ、これは失礼しました。和也様の馬車とは知らずに失礼を――な、何を⁉」

慌てて謝罪して片膝をついた門番に近付いた和也は、万能グルーミングでブラシを出すと、マウントよりは一回り小さいがよく似た容姿《ようし》をした門番の毛並みを梳かし始めた。

「え？　門番の仕事をしっかりとしているからご褒美だよ？　仕事に一所懸命なのは分かるけど寝癖が直ってないからね。ほら、もう少しで綺麗になるからジッとしてて」

突然グルーミングされ、困惑した表情になる門番。

ブラシ越《ご》しに伝わってくる心地よさに喜びながらも、門番は職務を続けられないことに焦っていた。

「あ、あの！　和也様から祝福を頂けるのは嬉しいのですが、門番としての職務がありま す。少しだけでも幸せでございますので……」

「そう？　うん、そうだよね。仕事の邪魔《じゃま》をして悪かったね。じゃあ、あとでまたグルーミングするから俺のところに来てよ。約束だよ？」

「はっ！　光栄であります」

門番は差し出された和也の手を握り返し、感激で目を潤ませていた。そして必ず和也のもとに向かうと約束すると、奥にいた者に和也の来訪を告げて門を開けるように指示をした。

「じゃあ、またあとでねー」

「はい！　ありがとうございます！　必ずあとで！」

和也は開いた門をくぐり抜けて砦の中に入る。

門に入ってすぐは広場となっているようで、馬車なら十台近くが余裕をもって止められるスペースがあった。これは有事には兵を配置する場所も兼《か》ねており、近くには武器庫なども設置されていた。

「おお！　なんか広くて格好いい！　あっちは武器庫なの？　それにあれは？　え？　敵が来たときに爆破《ばくは》して門を使えなくする道具？　怖っ！　さ、触らないよ？」

門の近くにあった厳重《げんじゅう》に封をされている道具に近付いた和也に、門を開けた兵士が説明をしてくれた。ここは軍事施設としての機能がしっかりしているようで、敵襲《てきしゅう》などがあった際は対応できる作りになっているらしかった。

そこへ、マウントが豪快に笑いながらやってくる。

「和也様！　急にどうされたので？　砦ができたから連絡をしようと思ってましたが、先に来てもらえるとは。手間が省《はぶ》けて良かったですがね。はっはっは！」

「マウントさん。ここって村を作るんじゃなかったの？　ものすごく頑丈な城みたいだけど。何かと戦うの？　聞いてないよ？」

和也がそう尋ねると、マウントは慌てて返答する。

「いやいや。俺の感覚ではこれが村なんですよ。ほら、村人も安心して暮らせるでしょ？　何かあれば籠城《ろうじょう》もできますからな。それに、土の四天王なので石とか好きなんですよ」

「え？　そうなの？　土の四天王ってそんな感じなの？　へー。そうなんだ。じゃあ、火の四天王はキャンプファイヤーが好きな感じ？」

「そうですな。はっはっは。四天王筆頭のフェイは火の四天王ですから、キャンプファイヤーは喜ぶと思いますぞ。がーはっはっは」

全力で適当なことを言いながら、マウントは背中に冷や汗を流していた。

元々、砦として建設するつもりだったのだが悪乗《わるの》りしてしまい、ずいぶん堅牢《けんろう》な物を作ってしまっていた。

マウントはこの地を村として上手く偽装《ぎそう》しつつ、対人族の砦として機能させるつもりだったのだが……

「じゃあ、その四天王筆頭のフェイさんには着火できる棒とかあげたら喜ぶかな？」

「くっくっく。いいと思いますよ」

和也の考えたお土産にマウントは笑ってしまう。横で聞いていたマウントの部下は何か言いたそうにしていたが、マウントの悪そうな笑みを見てため息を吐いた。

マウントは表情を引き締めて尋ねる。

「それで今日はどうしたので？　前もって聞いていれば盛大な宴会の用意をして待ってましたのに」

「ごめんごめん。俺が急に視察がしたいと言っちゃってさ。それで急遽、スラちゃん1号に調整してもらったんだよ。いきなり来ちゃって迷惑だった？」

「とんでもない。和也様の訪問を嫌がる奴がいるなら、俺が全力でぶっとばしますよ」

マウントの物騒《ぶっそう》な発言に和也が引いていると、マウントの部下が駆けつけてくる。そしてマウントにそっと耳打ちした。

「何？　増援《ぞうえん》部隊――住民達が来ただと？　すみません和也様。魔王様の国から移住を希望する住民が来たので失礼しますよ。あとはゆっくりと――」

「住民？　だったら俺も一緒に行くよ！　住民達ってことは俺の仲間になるってことだよね！　俺が挨拶をしないと」

「い、いや。そんな畏れ多い――」

「いいから、いいから！」

遠慮がちにしている風を装《よそお》いながら、全力で拒絶《きょぜつ》していたマウントの気持ちなどつゆ知らず、和也はニコニコしながらマウントの背中を押す。

そうして一行は、住民こと増援部隊が来たという場所に向かうのだった。

34．住民（？）との交流

門の前に立っているのは、マウントの副官センカである。

彼は周囲を見回し、感慨深《かんがいぶか》げにしていた。

「再び私は戻ってきた！　マウント様配下の副官である私と戦闘要員三十名が着任した！　……かなりの強行軍で来たので、休憩できる場所に案内してくれ。それにしても久しぶりだな！　元気にしていたか？　お前は残れて良かったな！　まさか門番をしているとは思わなかったぞ！」

副官センカが話しかけているのは、彼の同期の門番である。

テンションが変に高いセンカに、門番は戸惑っていた。門番はセンカに和也が来ていることを伝えたのだが、興奮状態のセンカはそれさえ耳に入らないようで、勝手に苦労話を始める。

「いやー。疲れたよ。過去最高の速度で魔王城に戻って、速攻マリエール様に報告。無の森が危機であると伝え、迅速《じんそく》な兵の配備が必要であると力説した。そして隊長に立候補し、信頼が置けて戦闘能力が高い者を選別するだろ。これが意外と優秀な奴が多くてな。それからそいつらに和也様の素晴らしさを伝えて、必要な機材を担がせて第一級戦闘スピードでここまで駆けつけたってわけだ。こいつらは文句も言わずについてきてくれてな。本当に頼もしい奴らだよ」

実際はそんな簡単な話ではなく、人選には四天王筆頭のフェイが関わっており、変な方向で和也に熱狂しているセンカを監視する役目も兵士達に担わせていた。

そんな複雑な立場の部下達が小声で話し合う。

「おい、隊長がなんか言ってるぞ」

「頼もしい奴ら？　『遅れるなら死ね！』と言われたよな？」

「ああ。飯も二食しか食わせてもらえなかったしな」

「あれを飯と言うのか？　保存食をかじって走り続けさせられたぞ？」

「俺はとにかく寝たい。徹夜《てつや》はキツい」

会話を聞きつけたセンカが、彼らを一喝《いっかつ》する。

「なんだ！　お前ら文句があるのか！」

「「いえ、何もありません！」」

白々《しらじら》しい表情を浮かべる部下達にセンカは舌打ちしながら、自分がマウントから担わされている本当の任務について口にする。

「ふん。まあいい。これから我らは戦闘要員として無の森に赴任《ふにん》し、和也様の森と名を変えつつあるここを守るのだ。それが我らの役目となっている。まだ貴様らを和也様の御前《ごぜん》に連れていくのは時期尚早《じきしょうそう》だが、働き次第によっては――」

そこへ和也がやってきて、センカに声をかける。

「あれ？　副官さんじゃん。こっちに住民として来るというのは副官さんだったんだ。久しぶり！　……久しぶり？　いや、それほどでもないよね」

「和也様！　え？　和也様？　なんで和也様がここに？」

唐突に現れた和也の姿を見て、センカは混乱する。

マウントの話では、和也がこの地に来るのは偽装村が完成してからのはずだったのだが。

「え？　俺が暇だったから視察に回ってるだけだよ。もしかして何かヤバいことでも起こってるの？」

そう言って首を傾げる和也に、センカが事情を説明しようとした瞬間――マウントが強引に会話に入ってくる。

「センカは軍人の気持ちが抜けてないようだな。和也殿。こいつは貴方のファンになったそうで、軍人を辞《や》めて開拓民として来たんですよ」

「そうなの？」

「え？　開拓民？　そうなのですか？　――痛ぃ！」

困惑するセンカの足を、マウントは体重を乗せて踏みつける。そのままセンカの身体を固定させながら、悲鳴が聞こえないように沈黙の魔法をかけた。

マウントは悪そうな笑みを浮かべてセンカに話しかける。

「どうした？　少し疲れたか？　ここまで強行軍で来たみたいだからなー。そんなに和也殿に会いたかったのか？　まずは休憩しようぜ」

口をパクパクとさせてなぜか脂汗《あぶらあせ》をかいているセンカを見て、疲労困憊《ひろうこんぱい》なんだろうなと勘違いした和也が気を遣う。

「かなり疲れてるみたいだね。まずは疲れを取ってよ。あとで歓迎会をするからさ！」

「はっはっは！　それはいいな！　和也殿から歓迎会をしてもらえるなんて幸せ者だぞ。ん？　疲れて動けないだと？　仕方ねえな。俺が運んでやるよ」

マウントは、沈黙の魔法で一言も話せないセンカを軽く掴んで背負うと、そのまま砦の中にある休憩場所に連行していった。

和也の視線がなくなったのを確認して、マウントは休憩場所として作った小屋にセンカを乱暴に投げつける。

「おい。なんで和也殿にペラペラとしゃべろうとしてんだよ」

「そ、それよりも早く治療を……痛ぃ！」

「お前は少し反省してろ。しかしお前の暴走のおかげで、開拓民として来たと和也殿が信じてくれたみたいだからいいとするか」

マウントは、沈黙の魔法が解けたセンカが痛みで泣きそうになっているのを、さらに軽く頭を叩いて黙らせ、そっと胸を撫で下ろすのだった。

35. いつでもどこでも大宴会

「ふっふっふーん。いい感じで料理が出来上がってるねー。最近は俺が料理することもなくなっちゃったからなー。スラちゃん1号に全部お任せしているけど問題なかった？　何か手伝うことある？　味見とか？」

和也が、ぐるぐると回されながら焼かれているイノシシ肉を眺めつつ、保温状態で置かれているスープや、綺麗に盛りつけられている料理を味見して、スラちゃん1号に話しかける。

「こら！　つまみ食いしちゃダメじゃないですか。全員が揃ってからですよ！　それと、和也様が料理をする必要はありません。『これが食べたい』と教えてくださるだけでいいのです。このような雑事は私が担当しますから。和也様は他にやりたいことをしてくださいね」と言わんばかりに触手を動かした。

「まあ、最近はスラちゃん1号のほうが料理上手だからねー。そこは任せてしまおう。俺がしたいこと――やっぱりグルーミングかな。いでよ！　万能グルーミング！　じゃあ、さっそくスラちゃん1号にグルーミングだ！」

「あ、こら。ダメですって。まだ調理中ですから！」との感じで慌てていたスラちゃん1号だったが、和也のグルーミングを受けると諦めたように大人しくなり、調理をちびスラちゃんに任せてその手さばきを堪能するのだった。

「ふー。やっぱりスラちゃん1号へのグルーミングは別格だね！　ここまでやりがいがあるのはスラちゃん1号だけだよ。それにしても、最近のスラちゃん1号はものすごく柔らかくなった？」

和也がそう尋ねると、スラちゃん1号は首を傾げるような動きをする。そして、「そうですか？　もし変化があるなら和也様のせいですよ。確かに最近は、身体の動きも思考能力も向上している気がします」と言いたげな触手の動きをするのだった。

そんなやりとりを眺めていたちびスラちゃんが和也に近付いてくる。調理が終わったようで、ぴょこぴょこと跳ねながら何かを訴えかけてきた。

「ん？　ああ、そうか。そうだよね。頑張ったちびスラちゃんにもご褒美がいるよね。何がいい？」

和也の問いかけに「聞かなくても分かるでしょう？」といったちびスラちゃんの動きに、

和也は顔をほころばせる。

「了解！　こっちにおいで。思いっきりグルーミングをしてあげるからねー。形も変えてほしいの？　ふふっ、俺に任せろ！」

ちびスラちゃんの要望に、和也は万能グルーミングで手袋と霧吹きを出す。そしてちびスラちゃんのリクエストを細かく聞きながら形を整えていった。

作業を終えた和也は、満足げな表情で頷く。

「よし、完璧！　ここまで喜んでくれるなら、頑張った甲斐があるよ」

完全な球体に整えてもらったちびスラちゃんが、スーパーボールのようにリズミカルに勢いよく跳ねて喜びを表す。

気付くと、マウント、センカ、人力車を引っ張っていた犬獣人達、センカと一緒に来ていた配下達、砦にいた兵士達までが羨ましそうな顔をして集まってきていた。

和也は驚きながらも、彼らに尋ねる。

「おお！　ひょっとしてみんなもグルーミングしてほしいとか？」

「当然です！　いちばーん！」

そう叫んでセンカが勢いよく飛びだし、ここが行列の先頭だと主張した。その横にマウントが素早く並び、列を乱す者がいないか監視をし始める。

「なっ！」

「お、おい！　早く並べ！」

「なんだよ！　早い者勝ちなんてズルいだろうが！」

「俺のほうが先だったろうが！」

慌てて並び始め、順番争いまで始めた一同。そんな彼らを見て、和也は笑っていたが、ふと何かを思い出したらしく、ちょっと申し訳なさそうにして先頭のセンカに話しかける。

「センカさん。お願いがあるんだけど」

「はっ！　和也様のご用命なら命がけでやり遂げます！」

「命がけって……あのね、今すぐに門番さんを呼んできてくれる？」

「は？」

至高である和也から依頼されたとハイテンションなセンカだったが、ピタリと動きを止めた。

「仕事熱心な門番さんを、最初にグルーミングしてあげたいんだよね！」

周囲から笑い声が漏れる。

「ぷ！」

「はっはっは！　早く呼んでこい」

「そうですすよ、隊長。早くしてくださいよ」

「一人でいい思いをしようとするからすっよ」

周りの者は嬉しそうにしていたが、センカは何も答えることができずにいた。そして、フラフラとした足取りで、門番を呼ぶためにこの場から出ていく。

「あ、あれ？　何か悪いことした？」

「気にしなくていいんですよ。あいつにはいい薬です。おかしなテンションではダメだと反省すればいい。ところで、宴会には全員が集まれなくて交代制なので、もう食事を始めてもいいのでは？」

あわあわしている和也に、気にしないようにとマウントが伝える。そして、料理を食べたいと訴えかける皆を代表してそう言うと、周囲から大歓声が起こった。

「ふふ。そうだね。俺もお腹減ったよ。じゃあ門番さんが来る前に、俺もご飯食べてようかな。スラちゃん1号、お皿はどこにあるの？　あの回っている肉が食べたい」

和也は楽しそうに笑いながら、スラちゃん1号にグルグルと回っているイノシシ肉をリクエストするのだった。

さっそく口にしてみると――

「美味《うま》ーい！　え？　ものすごく美味《おい》しいんだけど⁉　なんで？　え？　血抜きを完璧にして、食べやすいように肉を柔らかくして、さらに調味料を肉の中にしっかりと練《ね》り込んでるだって⁉　そもそも肉の中に調味料って練り込めるの？　こんなに大きなイノシシ肉だよ？」

スラちゃん1号の説明を聞きつつ、和也はものすごい勢いでイノシシ肉をたいらげる。

他の者達も争うように食らいついていた。

和也の大賛辞にスラちゃん1号は気分をよくし、「血抜きはスライムの得意分野ですよ。調味料を練り込むのも肉を柔らかくするのも、どうすれば和也様に美味しく食べてもらえるのかを考えてたらできました」との感じで触手を動かした。

周囲からも次々に称賛の声が上がる。

「おお！　本当に美味い！」

「なんだこれ！　こんな美味い肉を食べたことないぞ！」

「今まで食べた肉はなんだったんだ」

「俺もお代わりください！」

「ちょっ！　待てよ！　一人でそんなに食うなよ！」

あまりの美味しさに感激し、みんなお代わりを求めてイノシシ肉に群がる。何度も皿を出してお代わりを要求する一同に、スラちゃん1号は嬉しそうにしつつもテキパキと肉を切り分けていった。

そこへ、ようやくセンカが戻ってくる。

「和也様！　戻ってまいりました！　このセンカ！　見事に仕事をやり遂《と》げましたぞ！」

「いや、門番を連れてきただけだろ？」

尻尾があれば全力で振っている感じで、センカは門番を引きずるように連れてきた。そんな彼にマウントが冷静なツッコミを入れたが、センカは気にすることなく目を輝かせていた。

「ありがとう！　じゃあ、センカさんも肉を食べたらいいよ。スラちゃん1号、彼にも肉を用意してあげてよ。そうそう、これくらいの量は必要だよね。はいどうぞ！」

「お、おぉぉぉ。和也様手ずからお渡しいただけるとは！　このセンカ。和也様から施《ほどこ》しを受けたこの肉を一生の宝にします」

「いや食べてね。さすがに腐《くさ》ると思うから」

「はっ！　和也様がそうおっしゃるなら、味わっていただきます」

センカが肉が山盛りの皿を受け取って涙を流しているので、さすがの和也もドン引きしてしまう。引かれていると気付いていないセンカは、一切れ食べるごとに至福の表情を浮かべるのだった。

連れてこられたまま放置されている門番が困惑していた。

「あ、あのー。私はなぜここに呼ばれたのでしょうか？　まだ門番の勤務時間中なのですが……」

そう言って彼は、センカに説明を求めるような視線を向けたが、すでにセンカは肉の世界に旅立っており、話を聞ける状況ではなかった。

和也が首を傾げつつ門番に尋ねる。

「あれ？　センカさんから聞いてないの？　頑張ってる門番さんをグルーミングするから呼んできてとお願いしたんだけどなー。まあいいや。ご飯を食べる前にグルーミングしてあげるよ。勤務時間中だけどいいよね？　マウントさん？」

「はっはっは。構いませんぞ。おい、せっかく和也殿からのご厚意《こうい》だ。存分に受け取るがいい。これは、お前が真面目に仕事していたことへの和也殿の評価だからな」

「はっ！　ありがたき幸せ！　では、お言葉に甘えてよろしくお願いします」

マウントから真面目と言われ、門番は恥ずかしそうに頷くと、この場をいったん離れ、仕事着から普段着に着替えて戻ってきた。

「門番さんは、かなり着やせするタイプ？」

かなり鍛《きた》えているようで、門番の服装時とは違い筋肉質なのがハッキリと分かった。

「筋肉質に見えないように服装には気を付けております。来る者を不必要に威圧してしまいますからね」

「なるほど！　門番のときは世を忍《しの》ぶ仮の姿なんだね。そして本当の姿はこれってことか。毛は櫛が通りやすいけど傷んでるね。毛を綺麗にしたら、さらに雰囲気が良くなるかも。シャンプーとリンスをするのが楽しみだなあ。それだけじゃないぞ。今回はお肌の手入れもしてみよう！」

和也の発言に会場がざわつく。

今までブラッシングやトリミングをしてくれることはあったが、肌のお手入れはなかったのである。センカは「御手でマッサージまでしてもらえるだとー！」と絶叫《ぜっきょう》して悔しがっていた。

「まあ、スラちゃん達には前からしているけどね。それ以外では門番さんが初めてかな？　材料が揃い次第だけど、いずれみんなにもできるようにしておくからね！　とりあえずまずは門番さんからだー。うりうりー」

「ほわぁぁぁぁ！　なんだ、これは！　この身体に電気が走るような、身体の芯までとろけるような気持ちよさは！　先ほどは我慢できたが、今回はそんなレベルではないぞ！　ぬぅぅぅ！　くぅぅぅ！　こ、これはたまらん！　どうすればいいのだぁぁー！」

「ふっふっふ。俺に身を任せればいいと思うよ。さあ、我が腕で幸せに満ち溢れるがよい！」

幸せな表情で叫ぶ門番に、和也は悪者のように高笑いをする。

そして、センカやマウント達の羨ましそうな視線に囲まれながら、門番はグルーミングを受けるのだった。

「ふはー。結局全員にグルーミングしたー。万能グルーミングを使わずにマッサージ用クリームを使ったけど、全部使い切ってしまったよ。またスラちゃん1号に作ってもらわないとね。でも素材が足りないんだよなー。うーんどうするか……」

砦にいる五十名近く全員にグルーミングをした和也は、満足そうな顔で休憩していた。一人当たり十分程度の短い施術《せじゅつ》になってしまったが、それでも八時間以上かかった。休憩せずにグルーミングし続けられたのは、さすが創造神エイネが与えたチート能力である。

「クリームの反響はすこぶる良かったし、量産すれば大儲《おおもう》けできるかな？　でも儲けてもお金の使い道はないんだよなー。基本的に自給自足ができてるしね、俺のところって。それに魔石を通貨にしているからなー」

商売になると思いながらも、貨幣を使う場面がないことを思い出して和也は苦笑した。拠点では、一応魔石を通貨としているが、取引が少ないためしょせんはままごとレベルでしかなかった。

和也はふと何かを思いついたように手を叩く。

「そうだ、何かを輸出して貨幣を稼《かせ》ぐのってどうだろう？　それで拠点でもその貨幣で買い物ができるようにすれば……俺も久しぶりに買い物したいし、この世界のお金を使ってみたい！　今は欲しいと言えば、なんでも用意してくれるけどさ」

うんうんと頷きながら呟く和也に、マウントが爽やかな顔で話しかける。

「和也殿。独り言をこっそり聞いちまったんだが、クリームを売って貨幣を手に入れたいとか？」

「そうなんだよ。マウントは魔王さんと仲がいいから話を通せるかな？　うちでは魔石を通貨にしてるけど数が少なくて……それで貨幣を導入しようと思ったんだけど、自分のところでオリジナルを作るより、この世界に元からある貨幣を流通させたほうがいいだろ？　そっちのほうが交易もやりやすいよね？」

「魔石を通貨にしているなんて恐ろしい話ですけどね。それは置いといて、魔王マリエール様ならクリームだけでなく他の物も取引しますよ。ただ、和也殿の国から輸入するだけとなると、魔族側の貨幣がなくなってしまいます。できれば、和也殿側も魔族側から何かを輸入してほしいのですが」

　魔族の国が保有する貨幣がなくなるとの発言に、和也は面白い話を聞いたと言わんばかりに笑ってしまう。

「またまたー。そんな大きな国の貨幣がなくなるわけないじゃん。もう、マウントってば商売上手だよねー。それにしても輸入か。魔族のほうで買ってほしい物があるの？　そっちに何があるのか知らないから、何を輸入したら良いのか教えてほしいよね」

　魔族側が無の森で採れる素材・資材・加工品のすべてを欲しがっており、またそれが高額になるとは思っていない和也は能天気に答えるのだった。マウントは、自身の重要性などまったく理解していない和也の発言に苦笑しながらも、話を続ける。

「それでしたら欲しい物一覧をすぐに用意――なぁぁぁ！　そうだ思い出した！　おい、センカ！　すぐに目録を持ってこい！」

「ふへぇ？　目録……？　目録！　あぁぁぁ！　そ、そうでした！　まだ箱詰めされたままです。なら倉庫にあるはず。すぐに取ってきます」

センカは和也からグルーミングを受けて、幸せに満ち溢れた表情で床に寝転がっていたが、慌てて飛びだしていった。

「何々？　目録って何？　なんか良い物がいっぱい書いてあるの？」

和也の期待に満ちた顔に、マウントは申し訳なくなる。ずいぶん前に和也からもらった土産の礼として目録を用意していたが、渡しそびれていたのだから。

「本来なら、前回の訪問で渡すはずだったのです。本当にすまない！　俺としたことがなんたる失態《しったい》。魔王マリエール様にバレたら間違いなく断罪されますな」

「まさかー。魔王さんもそんな怖い人じゃないでしょ？　じゃあ俺が目録のお礼を何か作るよ！　マッサージ用クリームを豪華な感じにするかな。香りを付けても面白いかもしれない。一種類だと好き嫌いが出るだろうから、五種類ほど用意するかな。あっ、そうだ、万能グルーミングで作り出した成分が混ぜられるか試してみよう。お礼ついでに思い出したけど、フェイさんには火が出る物がいいんだったよね？」

「くっくっく。そうですな。フェイなら大喜びしますよ」

フェイへのプレゼントとして火に関する道具にしようと言う和也に、マウントは肯定する。しかし心の中では、危険な火器がプレゼントされるのを想像して、大笑いするのだった。


目録が和也の手に渡り、センカとマウントが話し合っている。

「渡せて良かった……しかし、本当にアレで良かったのですか？」

「ん？　アレってなんだ？　和也殿が作るフェイへのプレゼントか？」

和也はフェイへのお土産を閃いたらしく、その試作品を作るために席を外していた。

「和也様が作った物ならフェイ様も喜ぶでしょうが、あまりにふざけた物だとフェイ様が怒るのではないかと。最悪、マウント様が犯人と決めつけて、奥さんを誘って詰問に来そうな気がしますよ」

「な！　それはずりいだろ！　アマンダを呼ぶなんて反則じゃねえか！　ちょっと和也殿のところに行ってくる。あとの仕事はセンカに任せた」

真っ青《まさお》な顔で和也のもとに走っていった上司であるマウント。その後ろ姿を眺めながら、センカは小さく呟いていた。

「これは良いチャンスかも……たまには私もやり返しますよ。当然、この件はフェイ様にもアマンダ様にも報告しておきますからね。それにしても副官としての仕事もあとわずかか。引き継ぎもしないとな。門番の奴でいいか」

これから和也のために働けるのを心底楽しみにしているセンカは、ニヤニヤしながらマウントに任された仕事を次々と片付けていった。

36. 和也が作ったお土産物は？

「フェイさんへのプレゼントは花火かなあと思ってたけど、やっぱりアレにしてみようかな。確か紙みたいな感じのやつを作ってあった気が——えっと、どこだっけ。俺の鞄の中には入ってないのか。スラちゃん1号は持ってる？」

創造神エイネからもらった鞄は見た目より収納できる作りになっており、和也は気に入った物や思いつきで作った物を片っ端から乱雑《らんざつ》に入れていた。ちなみに最初にもらった非常食は、スラちゃん1号のおやつとしてその役目を終えている。

「あの試しで作った紙のようなやつですよね？　それなら私が持ってますよ。どれくらいいりますか？」との感じで、スラちゃん1号は身体に収納していたロール紙を取り出す。

それを受け取った和也は、すぐに小さく切り取ると何やら組み立てていく。

「うん。良い感じかな。最初は小さいのからだよね」

和也は楽しそうにしながら、次々と工作をしていった。こっちに来るまでは手先が器用ではなかったが、グルーミングをすることでそういうことが得意になったらしい。和也はあっという間に目的の物を作り上げた。

「うん。良い感じでできてる！」

すでに和也の周りには数個の試作品ができていた。

和也が作ったのは提灯《ちょうちん》である。最初は練習として小さな物から作り始め徐々に大きくしていき、文字や絵が描けるほど高い完成度の物までできていた。

そこへ、ものすごい勢いで扉が開き、マウントが作業部屋に入ってくる。

「和也殿！　……？　何を作っておいでで？」

「あれ、マウントさんどうかしたの？　そんなに焦った顔で？　フェイさんへのお土産を心配してきたの？　大丈夫だよ。喜んでもらえるように作ったよ。最初は火おこし道具とか花火とかにしようと思ったけど、火の四天王だもんね。そんなのがなくても一瞬で火おこしはできると思ってさ、これにしたんだ」

突然の訪問に驚きながらも、和也はフェイへの手土産の説明をする。

「火に関係する品物は外せないと思ってさ。俺の国で昔に使われていた提灯を送ろうと思ってね」

「それは紙を使った照明器具ですかな？　簡単に壊《こわ》れそうですが、それが良いのか……火が消えないように紙で覆う。繊細《せんさい》な道具ですな」

マウントが想像していたのとは違って危険な物ではないことに安堵していると、和也は何かを思い出したのか、マウントからもらった目録を取り出して相談を始めた。

「ねえ。この目録の中にろうそくがあったけど送ってもらって良いのかな？　それと、石けんと気楽に使えるタオルとかは毎月輸入したいね」

「目録に記してある物なら、どれを選んでもらっても構いませんし、全部でもいいですよ？」

「んー。さすがに全部は申し訳ないかな。だから、作るのが面倒くさい物や時間のかかる物があるなら、それが欲しいかなって」

そうしてマウントは、和也の国で足りていない物を次々と聞き出すのだった。

その後、和也が希望しなかった物も含めて、恩着せがましい量にはならないように注意を払いつつ、魔族側からお礼の品が和也に毎月送られることになった。

「では、マリエール様のもとに報告に行ってまいります！」

「おう。よろしく頼むぞ。門番さん」

「マウント様、俺はゲパートって名前ですよ。和也様が『門番さん』と呼んでいるからって同じようにしないでくださいよ」

ゲパートが、マウントの言葉に苦笑しながら返事をする。

「これから俺の副官として働いてもらうんだから、その堅苦《かたくる》しさだと疲れるぞ？　もっと気楽に、和也殿とやりとりをしているときのような『門番さん』で頑張ってくれ。それと、マリエール様にはよろしく言っといてくれ。あとそうだ、人族に動きはない、相変わらず同族で国盗《くにと》りごっこをしているってのも伝えておけ」

「はっ！　そちらも併《あわ》せて報告いたします。あと、和也様の手土産は壊れやすいので、十分に注意を払って運ぶようにします！」

ゲパートがフェイに用意された巨大な箱を眺めながら意気込みを伝える。

箱には和也が作った提灯が入っている。最初は手で持つレベルの提灯だったはずだが、テンションが上がった和也によって巨大化していき、最終的には二メートルほどの大きさになっていた。

「この中に入れる光は、和也様の拠点で作られている光の魔石によるものだと聞きました……」

「ああ、俺も見たときは思わず息を呑んだ。あんな素晴らしい作品に仕上がるなんてな」

マウントとゲパートは、提灯を試しに点灯したときのことを思い出した。

和也の作った提灯には色々な絵が描かれており、中心に設置された光の魔石から優しい光が照らされると、幻想的な光景が映し出された。また、それは一定のスピードで回り、同じ場所にいてもすべての絵が見えるようになっていた。

「これって目録のお礼だよな？」

「目録のお礼というより、フェイ様へのプレゼントでは？」

「フェイが倒れそうだな」

「まるで他人事《ひとごと》ですよね。プレゼントはマウント様の発言があって作られたのですよ」

大笑いするマウントに呆れながら、ゲパートは出発の指示を部下達に出すのだった。

37．魔王様は大混乱

魔王マリエールの私室で、ゲパートが報告をしていた。

これまで拠点から動くことが少なかった和也だが、最近は各地の視察をしていること、人口が増えていること、生産力が向上していることなどが伝えられる。

「なるほど。急速に国として出来上がりつつあるようだな。他には何かあるのか？」

マリエールの言葉に、ゲパートがさらに詳細な情報を告げていく。

今まで以上に貴重な鉱石、魔石、それ以外の多数の資源が発見されていること、村に住んでいる魔物達は和也へ絶対的な忠誠を誓っていること、エンシェントスライムのスラちゃん1号が和也の一番のお気に入りであること、などなど。

「マウント様も和也様を敬愛《けいあい》しているようでした。い、いいえ、当然ながら魔王マリエール様への忠誠もお持ちです！」

「いいのよ。別に私に気を遣わなくても」

マリエールはゲパートから手渡された報告書を眺めながらそう言うと、苦笑を浮かべた。

和也を監視して情報提供するようにと依頼していたが、思った以上に詳細な報告だった。

そうして内容を吟味《ぎんみ》していたマリエールだったが、ふと気付いて大声を上げる。

「ミスリルが大量に出た？　オリハルコンもたくさん見つかっている？　宝石に魔力が染み込んだ魔石？　なんなのよ！　我が国のどこを探してもこんなの出てこないわよ！　無の森はそんなに素晴らしい場所だったの？　それなら四天王を派遣してでも採掘すれば良かったわ！」

「マリエール様。私は嫌ですからね。無の森での採掘なんて」

同席していたフェイが軽くツッコむと、マリエールはさらに続ける。

「だって、コイカの糸だけじゃなくて資源が豊富すぎなのよ。オリハルコンの欠片《かけら》でももらえれば、太古の魔王が使っていた破滅《はめつ》の杖も作れるじゃない！　いや、しないけどさ」

「――あ、あの。和也様より手土産を預かっておりますが……」

「「え？」」

ゲパートはマウントより、報告を終えたらマリエールとフェイの二人がいるその場で和也の手土産を渡し、その反応を教えろと命令されていた。

が、真面目に仕事をしたことを後悔する。

「責任取ってくださいよ。マウント様」

二人の固まった表情を見ながら、マウントへの恨み言を呟きながらゲパートは頭を抱える。

「四天王筆頭であるフェイ。貴女が中身を確認しなさい。魔王としての命令です！」

「はー⁉　嫌なんですけど！　嫌ですー。無理に命令するなら反乱起こしますー。部下の精神的苦痛を和《やわ》らげるために、大将がやりなさいよ！」

マリエールとフェイは、ゲパートが机に置いた手土産袋を押しつけ合って言い争う。自分が中身を見てショックを受けたくないようで、相手に見させて心の準備がしたいらしかった。

そんな無意味なやりとりを見てゲパートがウンザリしていると、二人の視線が自分に集中していることに気付く。

「な、なんでしょうか？」

「ゲパート。あなたマウントの副官になったのよね？」

「ゲパートだっけ？　私達は和也殿からのお土産を確認する必要があります。ただ精神安定上、中身を直接見られません。なので、貴方が開けなさい」

脈絡《みゃくらく》なく命令してくるフェイとマリエールに、ゲパートが首を傾げて答える。

「それは構いませんが、私には物の価値は分かりませんよ？」

「そのほうが良いじゃない」

「そうね。何も知らないほうが幸せよ。じゃあ、袋の中から一つずつ取り出して並べていってくれる？」

「そこまでおっしゃるなら」

ゲパートはさっそく袋に入っている一品目を取り出した。

それは、ミスリルの塊だった。

「和也様メモで『綺麗だったからあげる』と書かれています。誰にあげるかは好きにして良いそうです」

「おーけー！　まだ大丈夫。大きさがふざけてるけど、まだ受け入れられる」

「つ、次は？　次を出して！」

安堵のため息を吐いた二人は、次の品を出すように命じる。

続いてゲパートが取り出したのは、ネックレスだった。装飾品としては地味な感じで、チェーン部分が紐でできており安っぽくも感じられる。

「ちょっとした工芸品ですかね？　これなら安心して受け取れ――」

「ダメよ！　騙《だま》されたら！」

ホッとした表情でネックレスを受け取ったフェイに、マリエールが鋭く指摘する。慌てて落としそうになったフェイを見ながら、マリエールは鑑定を行った。

「やっぱり。フェイが手に持っているのはコイカの糸を使った組紐《くみひも》で、その先端にあるのは報告書にあった魔力を帯びた宝石よ！」

「な、なんですってー」

ネックレスを指さし、探偵《たんてい》が謎解《なぞと》きをするかのように自信満々で言うマリエール。それを聞いて愕然とした表情を浮かべるフェイ。そして「なんだこのやりとりは？」との表情をするゲパート。三人以外はここにはおらず、この茶番を止める者は誰もいなかった。

「コイカの糸を民芸品みたいな使い方——五個も入ってますが？」

「ところでゲパート。袋に入っているのはそれだけよね？　ねっ！　そうよね？」

お願いだからそう言ってくれと言わんばかりの二人に、ゲパートは申し訳なさそうにしながら、袋に入っていたオリハルコンのビー玉を取り出した。

「先ほど報告したオリハルコンです。この大きさで十個ほど——マリエール様！　フェイ様！」

ゲパートが机に置いたオリハルコンのビー玉十個を見て、二人は膝から崩れ落ちた。

「ははははは。もうやだ。あとは任せるわ。探さないで」

「任せないで！　お願い！　一人では受け入れられないの。これまで以上にサポートするから！　戦闘ならともかく、こんな意味の分からないお土産攻撃はどうしようもないの！」

から笑いをしながらオリハルコンのビー玉を転がして遊んでいたマリエールは、急に悟った表情になると、フェイに丸投げして私室から出ていこうとする。

慌てたフェイは禁呪《きんじゅ》である瞬間移動を発動し、扉の前で仁王立ちしてマリエールの逃走を防ぐ。

「逃がさないわよ！」

「やだ！　おうちに帰る！」

「ここ！　あなたのおうちはここだから！　なんなら寝る場所は隣の部屋じゃない！」

ぎゃあぎゃあと言い合っている二人に、ゲパートは困った表情のまま恐るべき事実を告げた。

「手土産の説明はまだ途中なのですが」

それまで言い合っていた二人の動きがピタリと止まると、ギギギと効果音がしそうな感じで首を動かしてゲパートを見る。

思わずゲパートは悲鳴を上げて後ずさりしてしまった。

歴代最強と名高い魔王と四天王筆頭の実力を感じさせる威圧に、ゲパートの全身を恐怖感が包み込んだ。

「……ゲパートに八つ当たりしても仕方ないわね。ちょっと休憩を入れましょう。落ち着いて。そう、落ち着いてから和也殿の手土産を見ましょう」

一時的に休憩を提案したマリエールにフェイは頷くと、ゲパートに逃げないように伝え、お茶とデザートを用意させるのだった。

❖　❖　❖

「それでマリエール。このお土産はどこに保管するの？　宝物庫？」

フェイが普段の友達口調でマリエールに話しかける。マリエールは特に気にすることなく、頭をガシガシと掻《か》きながら手土産を眺めて頷く。

「宝物庫はやめて、魔王の保管庫にしましょう。あそこなら誰も入れないからね」

「それがいいわね。こんなぶっ飛んだ物を保管できる場所なんて、あそこくらいしかないもの」

マリエールの言葉にフェイが頷く。

魔王の保管庫とは、歴代の魔王が収集した武器や防具、その他にも様々な物が収納されており、マリエールの代になってからは世界に破滅をもたらす物騒な魔道具なども収納されていた。

「破滅の杖や災厄《さいやく》の煙、滅亡《めつぼう》の盾と同じ場所に置いとこうかしら」

「どれだけ危険物だと思っているのよ」

その一つを発動させるだけで国が滅ぶと言われている魔道具と一緒に置くと言うマリエールに、フェイが納得しながらもツッコむ。

「仕方ないじゃない！　オリハルコンの扱いなんて分からないわよ！　和也殿のことだから価値を知らずに、エンシェントスライムやハイドッグと一緒に転がして遊んでるんでしょうけどね！　こんな神代の石なんて争いの種にしかならないわ！」

息継《いきつ》ぎせずに言い切って呼吸を乱すマリエールだが、その想像は正しかった。

同じ頃、和也達はオリハルコンを「よく転がるビー玉」扱いで遊んでおり、そして遊び終えると二つほど紛失していた。

「とりあえずミスリルは魔王城の一番目立つ場所に展示しましょう。これは無の森の盟主である和也殿から魔族全体への贈《おく》り物であると」

「それはいいかもね。両国のつながりがアピールできるわ。それでマリエール、ネックレスのほうはどうするの？　保管庫行き？」

「そっちは私と四天王で付けましょう。友好の証《あかし》であると和也殿にアピールします。こうなったら開き直ってやるわよ！　一蓮托生《いちれんたくしょう》よ！　皆も道連れにしてやるからね。でもオリハルコンは別よ。こっちは封印するわ」

そこへ、ゲパートが口を挟む。

「あの。もう一つの箱を開けても？」

「そうだった……まだそれがあった。えっ！　もう開けるの!?　ちょっと待って！　まだ心の準備が――」

ゲパートが申し訳なさそうにしながら箱を開ける。このままでは話が進まないと判断しての行動であった。

二人が止める暇もなく箱を開けて中身を取り出すと――

「紙……なのかな？　え？　照明器具？　こんなに大きいのが？　紙でできてるのよね？」

「光を灯《とも》すと動くのですね……なんて幻想的なの。まさに魔王であるマリエール様へのプレゼントとして――」

「これはフェイ様へのプレゼントです」

ゲパートの言葉に沈黙が訪れる。

驚愕の表情で固まるフェイ。マリエールは自分がもらえると思っていたようで唖然としていた。

「――良かったわね。家宝レベルで大事にしなさいよ。鑑定したらそれ、エンシェントスライムの溶解液を織《お》り混ぜた未知の素材でできてるからね」

「なんの意図が？　私とマリエール様との離間《りかん》の策？」

「「それはない」」

今日何度目かの驚愕した表情を浮かべて呟いたフェイに、マリエールとゲパートが冷静にツッコんだ。

「なんでよ！　ともかく、これ自体恐ろしい価値なのは理解してるけどさ！　どう見ても和也殿からの政略でしょう！　だからマリエールが受け取ってよ」

「「だから政略はないって」」

必死に受け取りを拒否《きょひ》しようと言い訳を並べるフェイだったが、マリエールとゲパートから同じようにツッコミを受けて崩れ落ちるように座り込んだ。

「分かりました！　この提灯は我が家の家宝として受け継いでいきますよ。それにしても未知の素材で作った物ですか……きっと火に対する耐性が凄まじいですね。見てくださいよ」

諦めたように盛大なため息を吐いたフェイが、そう言いながら指先に火を灯す。マリエールとゲパートが何をするのかと不思議そうな顔で見守る中、フェイは火の灯った指先を提灯に押し当てた。

突然の暴挙《ぼうきょ》にマリエールは驚き、さらにフェイが使った魔法に気付いて大声で叫ぶ。

「ちょっとフェイ！　何してるの！　指先に灯してるのって上級魔法じゃない！　小さな火だから気付くのが遅れたけど火の海にする気なの！」

「そんな魔法を使われたら、この辺りが灰燼《かいじん》に帰すのでは!?」

ゲパートも思わず後ずさりする。

フェイが使ったのは、かつて勇者との戦いで火の四天王が使ったと伝承に残る上級魔法だった。それを完全にコントロールしているフェイの能力も驚きだが、提灯の耐性を試すだけに使ったことも常軌《じょうき》を逸《いっ》していた。

「このくらいの大きさなら、何かに燃え移っても部屋が丸焦《まるこ》げになるくらいだから安心ですよ」

「いやいや。魔王様ならともかく、私は一瞬で灰になりますよ……」

「人の私室を焦《こ》がさないでよ」

あっけらかんと話しているフェイにゲパートが抗議し、マリエールが苦情を伝える。

そんな二人のツッコミを受けたフェイは指先に灯していた上級魔法をキャンセルしつつ、小さく呟いた。

「この素材で防具を作れば、私なんて無力化されるわね」

「そうね。私も攻撃手段の一つを封じられるな。フェイと違って別属性の攻撃方法を持っているのが救いだが」

この場にスラちゃん1号がいれば「火だけでなく、すべての属性を無効化する素材も作れますよ」と伝えてきただろうが、もちろんスラちゃん1号はいない。

「それで、和也殿への返礼は何を？」

「いらないんじゃない？　お手紙で『これからも仲良くしてね』と書くわ」

疲れた表情で問うフェイに、マリエールが軽い感じで返事をする。

連続のプレゼント攻撃でマリエールが分かったのは、和也は物の価値を理解していないばかりか、その影響度も知らずにほいほいとプレゼントしてくるということだった。

ゲパートが告げる。

「さすがマリエール様。和也様は何かを求めてプレゼントをする方ではありません。そうしたことなど超越《ちょうえつ》している、創造神エイネ様が別の世界から遣わされた方なのです」

「そうね。だからこの世界の常識がない――え、今なんと言った？　ゲパート、もう一回言って！」

「はっ！　和也様は、創造神エイネ様が別の世界から遣わされた――」

「それを先に言えー！　じゃあ和也殿は勇者じゃない！　え？　魔王が勇者と仲良くしていいの？」

ゲパートは、異世界から呼ばれた者は勇者であるということを知らなかった。それは、魔王であるマリエールだからこその知識ではあったのだが……。

「申し訳ありませんが、和也殿の普段の行動を見ても勇者とは――」

「確かに和也殿は勇者としては魔物と仲が良すぎるな――やはり、勇者とは別の存在なのだろうか？　これぱっかりは創造神エイネ様に聞くしかないけど、そんな方法は存在しない。しばらくは和也殿と友好関係を築きながら様子を見るしかないな」

「では、当面は和也殿が希望されている交易をする方向で？」

マリエールの独り言のような呟きに、和也から交易の話が来ていることを思い出したフェイが、確認するように尋ねる。

「……それと、我々から移住が可能かを和也殿に提案してもいいわね。今ある拠点を使わせてもらうのではなく、魔族側と無の森との境界線に町を建設しましょう。この対応はマウントに任せるから、そのように伝えて」

「はっ！　かしこまりました！　マウント様に伝えます」

命令を受諾《じゅだく》したゲパートはマリエールに大きく頷くと、そのまま退室していった。

マリエールは、フェイと二人きりになったのを確認すると、ソファーに寝転ぶ。

「ふー。疲れたよー。もうやだよー。それにしても創造神エイネ様はどんな意図で和也殿をこの世界に呼んだのだろうな？」

ソファーの上でゴロゴロと転げ回っていたマリエールが、ピタリと止まってフェイに問いかける。

「私達を驚かす目的……とは思えないけど。これぱっかりは『神のみぞ知る』でしょうね」

「そんなことを言わずに教えてほしいわ」

フェイの答えにマリエールは完全に疲れ切った表情でソファーに突《つ》っ伏《ぷ》した。

38．魔王様からのプレゼント

ゲパートが、和也の拠点に戻ってきた。

「無事に戻ってまいりました！」

「うん。お疲れー。いでよ！　万能グルーミング！　よーしよしよし。お疲れでしたー。魔王城って遠いんだよね？　思う存分に労《ねぎら》ってしんぜようー。うりうりー」

「ありがとうございます。私のような者をグルーミングしていただけるとは、感謝です」

和也は大仰に頷くと、万能グルーミングでブラシを出す。

そして、毛羽立《けばだ》ったゲパートの毛を丁寧にブラッシングしていく。至福の時間を満喫していたゲパートだったが、自分の役目を思い出すと意志の力を総動員して報告する。

「まず、伝えないといけないことがありまして――あの？」

「いいからいいから。ブラッシングしながらでも話は聞けるよー。マウントもそう思うよね？」

「そうですな。せっかく和也殿からのお言葉だ。存分に満喫して報告しろ」

グルーミングを続けながら話を聞くと言う和也に、マウントが苦笑しつつもゲパートに命じる。

ゲパートは嬉しそうな顔をし、和也の手さばきを満喫しながら報告を始めた。

「和也様のお土産は魔王であるマリエール様と四天王筆頭であるフェイ様に渡しました。お二人とも大喜びをされていました。特にネックレスを気に入られたようで、マリエール様と四天王が着用するとのことです」

「おい、俺はもらってないぞ？」

マウントがツッコむと、申し訳なさそうな顔でゲパートが答える。

「そのままお伝えします。『マウントの分はアマンダに渡しといたから。ちょっと悪ふざけしすぎなのよ。やられたことは倍にして返す主義だからね』とフェイ様のお言葉です」

「お、おう……ちょっとやりすぎたか？　それで、アマンダはなんと？」

「こちらも、そのままお伝えします。『いい根性をしてるじゃない。楽しみに待ってなさい』。以上です」

フェイの言葉には軽く笑っていたマウントだったが、アマンダの言葉を聞いて顔面蒼白となった。そんなマウントを見て、和也が不思議そうな顔で質問する。

「アマンダさんってマウントの奥さんだよね？　なんでそんなに怖がってるの？」

「い、いや。それはですな――まあ、色々とあるのですよ」

言い渋るマウントの代わりにゲパートが答える。

「アマンダ様はマウント様の前の四天王でした。結婚を機に四天王の座をマウント様に譲られ、今は領主代行として働かれております。慈愛に満ち溢れた素晴らしいお方でして……」

ゲパートの表情は本当にアマンダのことを敬愛しているようで、彼女の人徳の高さが和也にも十分に伝わってきた。

「へー。そうなんだ。会って挨拶したいね。『ご主人のマウントさんにはいつもお世話になってます』くらいは言いたい」

「そうおっしゃられると思いまして、アマンダ様には訪問いただくように伝えてあります」

「おい。おい！　ゲパート！　何やってくれてんだよ！」

以前、奥さんと子供をこっちに連れてこいと言っていたのが嘘のように、マウントは焦った表情になっていた。

「で、結局、なんでマウントはそんなに奥さんが来るのを嫌がっているの？」

「い、いや。それはですね――」

再びマウントに代わって、ゲパートが言う。

「推測ですが、フェイ様をからかいすぎたからでしょう。フェイ様とアマンダ様は幼い頃からの親友であり、マリエール様とも仲がいいのです。フェイ様からすべてを聞いたアマンダ様が、マウント様へ愛の一撃を入れるのは必然でしょう。ですから、マウント様は焦っておられるのでは？」

「多少は誤魔化せよ。ちょっとだけフェイには悪いことをしたとは思っているぞ」

頭をガシガシと掻きながら弁解するマウントに和也が面白そうな顔をしていると、ゲパートは話を変えて、魔王領から持ち帰ったという大量の荷物の説明を始める。

「こちらは和也様へのお返しとのことです」

「お返し？　別にいいのに」

口では別に構わないと言いながらも、和也は嬉しそうに箱の中身を確認する。

「へー。服とか武器とか防具？　他にも色々と入ってるね。それと植物の種？」

「君主としてふさわしい武器防具を和也様に用意した、とのことです」

さっそく和也は箱の中から取り出した鎧を装着しようと試みる。

だが、着け方がよく分からず、スラちゃん1号に手伝ってもらいながらなんとか装備した。が、その姿を見た一同は微妙《びみょう》な顔になってしまった。

「うん。まったく似合ってないな」

「失礼ですよマウント様！　そ、その和也様には……合わない感じでしょうか？」

スラちゃん1号が「和也様には私が作った服がありますから大丈夫ですよ。大抵の攻撃は防ぎますし、各種耐性も付与しています。なので防具などは不要ですよ」との感じで触手を動かした。

フルプレートを着込んで身動きの取れない和也に、マウント、ゲパート、スラちゃん1号達がそれぞれ感想を言ったが、和也は少しでも早く鎧を脱ぎたかった。

39. 魔王様のガントレットと、ソレとは別の非常識

「ふー。鎧って動きづらいんだね。ビックリしたよー。みんな当たり前のように着てるから俺もいけると思ったけど無理な案件だわ。やっぱり俺はスラちゃん1号が作ってくれた服がいいや。着心地《きごこち》抜群で動きやすいからね！」

スラちゃん1号は「ありがとうございます。これからも和也様のために作っていきます。そろそろ寒くなりますから暖《あたた》かさを備えつつ、動きやすい服を考案中です。楽しみにしてくださいね」と触手を上下に振って伝えてきた。

その他に、箱に入っていた植物の種はイーちゃんに渡され、さっそく植えつけが始まった。和也に用意されていた防具や武器は、各所の門番に配付されることになった。

ゲパートは箱の中のとある品を示して言う。

「魔王マリエール様から友好の証《あかし》として渡してほしいと言われている逸品がこちらです。マウント様、魔王マリエール様の言葉をそのままお伝えします。『これについての情報を少しでも和也殿にしゃべったら永遠に覚めぬ悪夢を与える』とのことです」

「うおぉぉい！　ちょっと待てよ！　『永遠に覚めぬ悪夢を与える』は魔王様が勇者と対峙《たいじ》した際に告げる呪言《じゅごん》じゃねえか！　そんな呪い言葉を使って口封《くちふう》じをするなんて、何を和也殿に渡そうとしてんだよ！」

ゲパートとマウントとのやりとりを聞きながら、和也は箱に入っていた小さなケースを開けて、中からガントレットを取り出した。

「なぁぁぁ！　そ、それって――」

「コレのこと？　なんか格好いいね。付けてみていい？　どうかしたの、マウントさん？」

「いや、ナンデモナイデス」

和也が軽い感じで取り出したガントレットを見て、マウントは驚愕の表情を浮かべる。そして、どこからかマリエールの闇の波動《はどう》を感じ、慌てて首を振った。

呪言「永遠に覚めぬ悪夢」は魔王最高秘術の一つであり、受けた者が対《つい》となる言葉を知らなければすべてのステータスが三割削られ、一分ごとに体力と魔力が抜け落ち、さらには魔法や剣技の発動率が半分となるという恐ろしい呪いであった。

当然ながら対となる言葉を知らないマウントは、全身を恐怖で縛《しば》られながらガントレットについて話さないと心の底から誓っていた。そんなマウントの心情を読み取ったのか、闇の波動は徐々に収縮《しゅうしゅく》していき――

突然小さな鳥となってマウントの肩に止まる。

「わー。可愛い鳥だね。それも俺へのプレゼントなのかな？」

「い、いいえ。これは俺への牽制《けんせい》……じゃなくて、いつも頑張っている俺へのマリエール様からのご褒美ですよ」

和也は万能グルーミングで櫛を出すと、その鳥のブラッシングを始める。

鳥は気持ちよさそうに目を細めていたが、マウントは生きた心地がしなかった。鳥は呪言が具現化《ぐげんか》している状態であり、何かが起こらないかと心配していたからである。

「お？　おお？　おお！」

「な、何事⁉　何が起こってるんだよ！　言えよゲパート！」

呪言の鳥が肩に止まっており、それを機嫌よくグルーミングしている和也が側にいるため、身動きが取れないマウント。返事のないゲパートにマウントが苛立《いらだ》っていると、和也が代わりに答えてくれる。

「なんかすごくつやつやになったよー。俺のグルーミングはすべての者をつやつやにする！」

「は？　つやつやになっただけ？　なっ！」

グルーミングが終わったのか、和也がマウントから離れると、右腕を目の前に差し出した。その和也の腕に柔らかく着地した呪言の鳥を見て、マウントが驚きの声を上げる。禍々《まがまが》しさをまとっていたはずの鳥が、神々しい気配を放っているのである。

「呪言の鳥が……」

「呪言の鳥？　そんな格好悪い名前じゃなくて、もっと良い名前を付けてあげようよ。うーん、そうだなー。あっ、そうだ。トーリにしよう。君の名前はトーリだよ！」

鳥だからトーリという相変わらずなネーミングセンスだが、トーリは気に入ったようだった。

腕に止まっていたトーリが和也の肩まで移動すると、頬ずりを始める。

「ふふ。気に入ってくれたみたいだよ。よろしくねトーリ」

「るるる」

「「しゃべった！」」

左手で優しく撫でながら声をかけた和也に鳴き声で応えたトーリを見て、マウントとゲパートが驚きの声を上げる。呪言の鳥はマリエールの魔力で作られた呪言が具現化しただけであり、鳥のようにさえずるなど考えられないのだが……

「おい。どうなってる？」

「私に聞かないでください。分かるわけがないでしょう」

ヒソヒソと話し合うマウントとゲパート。彼らの常識からかけ離れた現象が目の前で起こっており――ともかく、マリエールへの報告はしておこうということで意見は一致した。

ちなみに報告を受けたマリエールは、顎が外れんばかりに口を開けて思考停止したのだった。

40. 物語の一区切り

「このガントレットってなんなの？　有名なの？　格好いいから付けとくけど」

「そ、そうですな。そうしてもらえるとマリエール様も喜んでくださるでしょう。だよな！　ゲパートもそう思うよな！　な！」

「そ、そうですね。それを付けてくださると、マリエール様が大喜びします。できれば一生付けてくださると助かります」

和也の声にマウントとゲパートが揃って首を上下に動かす。

しかし、二人とも話半分で和也の話を聞いており、視線はトーリと名前を付けられた呪言の鳥に向けられていた。二人からの視線が集中していることに気付いていないのか、トーリは澄まし顔で毛繕いをしており、時折和也に頬ずりするように身体をすり寄せる。

「んー。トーリちゃんは可愛いよね。そういえば、呪言の鳥と言ってたけど、そんなに恐ろしい鳥なの、トーリちゃんは？」

「い、いや、それほど恐ろしい鳥ではないと思われますよ？」

トーリの喉元《のどもと》を指でくすぐり、和也が問いかける。しどろもどろにゲパートが答える横で、マウントは苦笑いをして補足する。

「なんで疑問形なんだよ。そこはしっかりと言い切れよ。和也殿。トーリは人畜無害《じんちくむがい》の鳥で問題ありません。元はマリエール様の魔力で作られていましたが、今は和也殿のお力で固定化されているようですし、普通の鳥と同じですな」

「へー。マリエールさんはそんなことができるのか。すごいねー」

「『いやいや、お前のほうがすごいよ！』」

感心しながら頷いている和也に、マウントとゲパートが同時に小声でツッコんだ。

一方その頃、スラちゃん１号は和也からガントレットを奪うと、しげしげと眺めていた。

「あー！　俺がもらったんだよー。スラちゃん１号には俺がガントレットを作ってプレゼントするから返してよー」

「ガントレットが欲しいのではなく、和也様に危険がないかを調べていただけですよ。でも私専用のガントレットは作ってくださいね。楽しみにしておりますよ和也様」との感じで触手を動かして答えるスラちゃん1号。

「はっ？　和也殿はガントレットを作れるのか？」

「スラちゃん1号さんのどこにガントレット付けるのでしょうか？」

「確かに装着できるのか？　大きさは？　触手の数だけ作るのか？　駄目だ、想像できねえ！」

微笑ましい感じで話している和也とスラちゃん1号を眺め、マウントとゲパートは難しい顔でヒソヒソと話し合った。和也がスラちゃん1号の触手を触って採寸《さいすん》をしている様子に、さらに首をひねったが、二人の理解が追いつくことはなかった。

魔王マリエールが作ったそのガントレットは、太古より服従のガントレットと呼ばれており、魔王が全面降伏《こうふく》する際に相手に渡される品であるという。しかし、作られたことも利用されたこともなく、魔王継承《けいしょう》時に語り継がれただけであった。

魔王に従っている者は、そのガントレットを目にするだけで装着している者を攻撃できず、仮に装着者が攻撃を受けた場合は自動的に防御魔法が展開される能力が付与されていた。

そんな品であることを知らない和也は、ガントレットを嬉しそうに装着する。

すると淡い光が和也を包み、そして消えた。キョトンとした表情をしていた和也だったが、マリエールからのちょっとしたサプライズだと勘違いして喜ぶ。

「すごい！　こんな演出まで用意してくれるなんて、マリエールさんは面白い人なんだね」

「人ではなく魔王様ですけどね。では、改めてよろしくお願いします。和也様への忠誠をここに誓います」

　楽しそうにガントレットを眺めている和也に、マウントが厳《おごそ》かな表情で膝をついて忠誠の言葉を紡ぐ。それに続くようにゲパートも膝をつき、忠誠を誓った。

「急にどうしたの？　二人はマリエールさんの部下だよね？　スラちゃん1号もどうしたの？」

　スラちゃん1号は「私は最初から忠誠を誓っておりますよ。和也様が魔王程度と同等であるはずがないですから。それと、これからも私はしっかりとサポートしていきますよ。まずはお祝いですね。活きの良いイノシシが獲れてますから丸焼きにしましょう」との感じで触手を動かした。

「やったー！　丸焼きってテンション上がるよねー。マリエールさんからもらった調味料もあるから色々と試そうよ！　マウントとゲパートは何か食べたい物はある？」

「そうですな。丸焼き以外も何かありますかな？」

「私は和也様からの下賜《かし》であればなんでも構いません」

「トーリにも美味しい物をたくさん用意してあげるからね！」

和也はマウントとゲパートにリクエストを聞き、鞄から調味料を取り出す。そして、肩に止まっているトーリにも声をかけると、スラちゃん1号に調味料を手渡した。そうして、自らも何かを作るために食堂に向かった。

❖　❖　❖

後日。

ガントレットを装着してボクシングの真似事《まねごと》をしている和也。ガントレットの性能で素早く動けるらしく、和也のテンションは上がっていた。

「うぉぉ！　俺の必殺の右ストレートォォォ」

調子に乗った和也はグルグルと腕を回しながら走り回り、そして石につまずいて盛大に転んでしまう。

スラちゃん1号が慌てて近寄ると、和也は呆然とした表情でガントレットを眺める。

「どうしよう。ガントレットにヒビが入っちゃった……」

後に「魔族滅亡の危機」と呼ばれる大騒動のきっかけはこうして生まれた……のだった？

あとがき

皆様、どうも初めまして。作者の羽智遊紀です。いや〜、本作『魔物をお手入れしたら懐かれました1』が、なんとなんと、まさかの文庫化ですよ！　私自身、このお話を聞いた時は、思わず小躍りしたくなったものです。けれども、さすがに駅で電車を待っている最中だったので、なんとか我慢しました。と、溢れんばかりの私の歓喜はさておき……早速ですが、この作品の誕生秘話についてお話ししたいと思います。それはある日、我が次男坊（子うっちー2号）が宣《のたま》ったこんな思いがけない一言がきっかけでした。

「お父さん。主人公が散髪する作品書いてー」

へ？　散髪？　しかし、愛する我が子のお願いです。そこで、お父さんは張り切りました。

「主人公はどんな感じ？　舞台は？　散髪することで主人公はどうなるの？」

「それはお父さんが考えてー」

——ガーン……！　まさかの無茶ぶりです。ていうか、丸投げもいいところ。それならば、と私は頭を捻り、散髪ではなく、グルーミングをすることで魔物と仲良くなる物語を書けばいいじゃないか、と閃いたのでした。魔物なら体毛もありますからね。そうして小説の冒頭で最初に登場させたのは、そう、ファンタジー小説ならお馴染みのキャラクター、スライムです。さあ、主人公の和也よ、君のチートなグルーミング能力を存分に発揮するのだ！　と、鼻息荒く執筆活動に励もうとしたのも束の間、ここでまさかの大問題が発生しました。は⁉　待てよ？　そもそもスライムにグルーミングなんて可能なのか？

いやいや、心配するな。まだ慌てる時じゃない。辞書を引いて落ち着くんだ……。なになに？「グルーミングとは、体毛を手入れする（云々）」ええい！　うるさい‼　いいじゃん、いいじゃん、スライムに毛が無くても‼

そんな感じで、ノリとテンションだけで始まった物語が本作になります。単行本の担当さんにも、「この作品はノリだけで書いてますよね？　でも面白いんで、全然オッケーです」と、実に愛のあるお言葉を頂戴しました。その言葉には、どんなに救われたことでしょう。

愛があるといえば、そうです！　拙作《せっさく》をお手に取っていただいた読者の貴方！　本当に心より感謝感激雨あられです‼　今後も主人公、和也たちの物語は、キャッキャウフフしながら魔王様たちを混乱の渦に巻き込んで参りますので、是非とも、お楽しみに。

それでは、次巻のあとがきでも、皆様にお会いできれば幸いです。

――皆様に、幸せが満ち溢れますように。

二〇二〇年五月　羽智遊紀

ネットで人気爆発作品が続々文庫化!

アルファライト文庫 大好評発売中!!

異世界×地球レシピの
極上料理を召し上がれ!

1~3巻 好評発売中!

異世界で創造の
料理人してます1~3

舞風慎 Maikaze Shin　　illustration 人米

無限の魔力を使用した極上料理が
腹ぺこ冒険者たちの胃袋を直撃する——!

ある日、若き料理人の不《ふ》動《どう》慎《しん》は異世界の森の中で目を覚ました。そこで出会った冒険者兼料理人に街のギルドまで連れてこられた彼は、自らに無限の魔力と地球から好きなものを召喚できる魔法が備わっていることを知る。そして異世界食材を使用した料理を食べて感動し、この世界でも料理人として生きていくことを決意するのだった——。生唾ごっくん食力ファンタジー、待望の文庫化!

文庫判　各定価：本体610円+税

ネットで人気爆発作品が続々文庫化！

アルファライト文庫 ALPHAPOLIS ライト 大好評発売中!!

武術の達人×全魔法適性MAX＝

向かうところ！敵無し！

1～4巻 好評発売中!

最強の異世界やりすぎ旅行記1～4

萩場ぬし Hagiba Nusi　　illustration yu-ri

巨大な魔物もSSランク冒険者も拳ひとつでなんとかなる!

真っ白な空間で目覚めた小鳥遊綾人は、神様を名乗る少年に異世界へ行く権利を与えられた。さらには全魔法適性MAXという特典を貰い、トラブル体質の原因である「悪魔の呪い」を軽くしてもらうことに。そうして晴れて異世界に送られたアヤト。ところが異世界に到着早々、前以上のペースでトラブルに巻き込まれていくのだった――最強拳士のやりすぎ冒険ファンタジー、待望の文庫化!

文庫判　各定価：本体610円＋税

ネットで人気爆発作品が続々文庫化！

アルファライト文庫 ALPHAPOLIS ライト 大好評発売中!!

僕のスライムは世界最強1～2

冒険者を目指す少年が召喚した相棒は最弱の代名詞、スライムのはずが……
チートスキル　捕食持ち!?

空 水城 *Sora Mizuki*　illustration 東西

倒した魔物のスキルを覚えて
底辺からの大逆転！

冒険者を目指す少年ルゥは、生涯の相棒となる従魔に最弱のFランクモンスター『スライム』を召喚してしまう。戦闘に不向きな従魔では冒険者になれないと落ち込むルゥだったが、このスライムが不思議なスキル【捕食】を持っていることに気づいて事態は一変!?　超成長する相棒とともに、ルゥは憧れの冒険者への第一歩を踏み出す！　最弱従魔の下克上ファンタジー、待望の文庫化！

文庫判　各定価：本体610円＋税

ネットで人気爆発作品が続々文庫化!

アルファライト文庫 大好評発売中!!

魔法学校の落ちこぼれ1〜3

天才魔法使いに選ばれたのは落ちこぼれ少年!

1〜3巻 好評発売中!

梨香 *Rika*　illustration chibi

落ちこぼれ少年と天才魔法使いのユーモラスで型破りな冒険の日々!

貧しい田舎の少年フィンは、家族のために免税特権を得ようと、魔法学校の入学試験に挑む。まさかの合格を果たしたフィンだったが、レベルの高い授業に苦労し貴族の子息達に「落ちこぼれ」とバカにされてしまう。ところが、必死に勉強して友達を増やしていくフィンは次第に才能の片鱗を見せ始めて——。落ちこぼれ少年が大活躍!?　大人気魔法学園ファンタジー、待望の文庫化!

文庫判　各定価：本体610円+税

ネットで人気爆発作品が続々文庫化!

アルファライト文庫 大好評発売中!!

最強主夫〈!?〉の兄が、ほのぼのゲーム世界でまったりライフ!!

のんびりVRMMO記 1~4

1~4巻 好評発売中!

まぐろ猫@恢猫 *Maguroneko@kaine* illustration まろ

ほのぼのゲーム世界で最強主夫の料理スキル炸裂!?

双子の妹達から保護者役をお願いされ、VRMMOゲームに参加することになった青年ツグミ。妹達の幼馴染も加えた3人娘を見守りつつ、彼はファンタジーのゲーム世界で、料理、調合、服飾など、一見地味ながらも難易度の高い生産スキルを成長させていく。そう、ツグミは現実世界でも家事全般を極めた、最強の主夫だったのだ! 超リアルなほのぼののゲームファンタジー、待望の文庫化!

文庫判 各定価:本体610円+税

アルファポリスで作家生活!

新機能「投稿インセンティブ」で報酬をゲット!

「投稿インセンティブ」とは、あなたのオリジナル小説・漫画をアルファポリスに投稿して報酬を得られる制度です。投稿作品の人気度などに応じて得られる「スコア」が一定以上貯まれば、インセンティブ=報酬（各種商品ギフトコードや現金）がゲットできます!

さらに、人気が出ればアルファポリスで出版デビューも!

あなたがエントリーした投稿作品や登録作品の人気が集まれば、出版デビューのチャンスも!　毎月開催されるWebコンテンツ大賞に応募したり、一定ポイントを集めて出版申請したりなど、さまざまな企画を利用して、是非書籍化にチャレンジしてください!

まずはアクセス! アルファポリス 検索

アルファポリスからデビューした作家たち

ファンタジー

柳内たくみ
『ゲート』シリーズ

如月ゆすら
『リセット』シリーズ

恋愛

井上美珠
『君が好きだから』

ホラー・ミステリー

椙本孝思
『THE CHAT』『THE QUIZ』

一般文芸

秋川滝美
『居酒屋ぼったくり』
シリーズ

市川拓司
『Separation』
『VOICE』

児童書

川口雅幸
『虹色ほたる』
『からくり夢時計』

ビジネス

大來尚順
『端楽（はたらく）』

アルファライト文庫

この作品に対する皆様のご意見・ご感想をお待ちしております。

おハガキ・お手紙は以下の宛先にお送りください。

【宛先】

〒150-6008 東京都渋谷区恵比寿4-20-3 恵比寿ｶﾞｰﾃﾞﾝﾌﾟﾚｲｽﾀﾜｰ 8F
（株）アルファポリス　書籍感想係

メールフォームでのご意見・ご感想は右のQRコードから、
あるいは以下のワードで検索をかけてください。

アルファポリス　書籍の感想　検索

ご感想はこちらから

本書は、2019年3月当社より単行本として
刊行されたものを文庫化したものです。

魔物《まもの》をお手《て》入《い》れしたら懐《なつ》かれました 1
もふプニ大《だい》好《す》き異《い》世界《せかい》スローライフ

羽智遊紀（うちゆうき）

2020年6月30日初版発行

文庫編集－中野大樹／篠木歩
編集長－太田鉄平
発行者－梶本雄介
発行所－株式会社アルファポリス
〒150-6008東京都渋谷区恵比寿4-20-3恵比寿ガーデンプレイスタワー8F
TEL 03-6277-1601（営業）03-6277-1602（編集）
URL https://www.alphapolis.co.jp/
発売元－株式会社星雲社（共同出版社・流通責任出版社）
〒112-0005東京都文京区水道1-3-30
TEL 03-3868-3275
装丁・本文イラスト－なたーしゃ
文庫デザイン－AFTERGLOW
（レーベルフォーマットデザイン－ansyyqdesign）
印刷－株式会社暁印刷

価格はカバーに表示されてあります。
落丁乱丁の場合はアルファポリスまでご連絡ください。
送料は小社負担でお取り替えします。
© Yuki Uchi 2020. Printed in Japan
ISBN978-4-434-27418-3 C0193